SANGUE NO OLHO D'ÁGUA

GLÓRIA DIÓGENES

[primeira edição]
URUTAU
fevereiro de 2025

editora Urutau

rua do cajú, 478,
jardim das cerejeiras
06724-015
cotia-sp (brasil)

rua manuel pacheco nobre, 128 - 5º esquerdo
2830-080
barreiro (setúbal)
portugal

[+351] 928053619 [portugal]
[+55] 11 95608 8983 [brasil]

www.editoraurutau.com.br
contato@editoraurutau.com.br

[EDITORA]
debora ribeiro rendelli
[REVISÃO]
juliana palermo
[PROJETO GRÁFICO]
wladimir vaz
[COORDENAÇÃO GRÁFICA]
tiago fabris rendelli
[DIAGRAMAÇÃO]
victor h. azevedo
[CAPA]
victor h. azevedo

dados internacionais de catalogação na publicação (CIP) de acordo com ISBD

D591s

Diógenes, Glória
Sangue no olho d'água / Glória Diógenes. – Cotia : Urutau, 2025. 136 p. ; 13cm x 19cm.

ISBN: 978-65-5900-790-5

1. Literatura brasileira. 2. Prosa. I. Título.

2024-2764

CDD 869.985
CDU 869.0(81)

Elaborado por Vagner Rodolfo da Silva - CRB-8/9410

sumário

Antes de qualquer coisa

O livro para mim tem uma voz, tem que ter.
Qualquer história para mim é uma voz.
Ana Maria Gonçalves

Histórias tantas vezes repetidas — conta, conta de novo — acompanharam-me. Talvez tivessem permanecido inacabadas, demolidas entre as ruínas do que não é mais e, assim mesmo, existe. Talvez continuassem flutuando entre o dito e o rarefeito, entre o que parece a verdade de alguém e o que é de muita gente. Ou se mantivessem submersas nas águas da grande represa do sertão.

As histórias criaram um jeito de transbordar sem pedir licença. Considerei três hipóteses. 1. Atingiram um volume máximo, fazendo trincar antigas paredes do reservatório de lembranças. 2. As próprias histórias, fatigadas de se avolumarem, prepararam o momento da sangria. 3. Havia necessidade de precipitações.

Apresento-me.

Sempre houve sertão, riacho, cheiro de esterco, mugido de vacas, rastro de cobras, temor dos guaxinins, duelo de pistoleiros, rezadeiras, veredas e matas não brocadas no roçado de palavras. A cidade em que habito mantém o cheiro da chuva que exala da terra seca. Cada dito traz mormaço de neblina quente.

Apresento-me.

Nem sempre consigo discernir os letreiros luminosos que correm enquanto escrevo. Os nomes que uso, as histórias aqui narradas estamparam-se à minha frente, sem mapas, cartas, documentos e datas de identificação. Preferi, muitas vezes, não perguntar de onde veem, se alguém põe fé no que dizem, se os personagens têm nomes e feitos verificados. Escuto e anoto.

É presente.

A voz dele aqui está, a do homem que escapou de despencar no boqueirão, do homem cujo relógio traspassou o tempo, e hoje guardo comigo. Sua escuta sem olhos é terra farta. Espreita a ribanceira que entorna e dá velocidade às palavras.

Ninguém é sozinho no sertão.

Pai, é do sertão que te trago

Não existe memória verdadeira sobre si mesma.

ANNIE ERNAUX
"A VERGONHA"

I

Relógio entre tempos

A viagem sem retorno aconteceu em 14 de fevereiro de 1943. Osmar tinha apenas 33 anos, a idade de Cristo, quando o jipe que seguia para o Rio Grande do Norte capotou na ribanceira. Seu filho mais novo, o menino que atropelava as palavras, iniciou a viagem com o pai, mas foi deixado na primeira parada, em Messejana, aos cuidados da avó. Era visível que o caçula, por vezes chamado de gaguinho, não estaria pronto para um longo trajeto.

Esta história se inicia anos antes. Raimundo Carlos da Silva Peixoto, tabelião do cartório mais notório da cidade de Fortaleza, de codinome Peixotão, costumava exercer seus serviços no lombo de um burro. Tornou-se rábula, pessoa que advoga sem ser formado em Direito, o que era comum no Brasil colonial. O homem, também major da Guarda Nacional, seguia pelas margens do rio Jaguaribe, contornando a estrada da Ribeira, até Porto dos Barros, nome dado à cidade de Aracati nos idos de 1693. O rábula cuidava dos negócios do Coronel Canuto Diógenes.

Ao aportar no seu destino, após seguidos dias de travessia, o tabelião costumava ser recebido com festa e comida farta. Em uma dessas tantas viagens que fizera contornando o

Jaguaribe, também chamado de rio das onças, sua chegada na propriedade do Coronel Canuto foi celebrada com a festa tradicional do ciclo do gado. Os vaqueiros que ali se apresentavam, correndo o risco da queda, da chifrada do boi na tentativa de derribada da rês pela cauda, moviam-se na busca de aplausos e de fama.

A vaquejada durou dias seguidos. Um dos seus protegidos tentara de todas as formas mostrar suas habilidades, e assim impressionar o visitante. Na aguardada competição, o rapaz de nome Alexandrino, a galope de um cavalo puro-sangue, fez parelha com o afamado Ciço do Alto Santo. Imaginou uma façanha. Rodopiar o animal na rapidez de um raio, com a mão direita no garrote e a esquerda na crina, suspender o animal para trás e em um pulo atingir a rês pela cauda. O que não deu certo. O cavalo parecia zombar do homem, esquivando-se do mando.

O rábula admirava da plateia o esforço do vaqueiro-puxador, o protegido do Coronel, nas sucessivas tentativas de pegar o rabo do boi entre as mãos e deitar o bicho na faixa demarcada. O rapaz tinha porte, Alexandrino trotava bonito. Mas era só isso. O boi reinava solto confundindo a dupla: Ciço, o vaqueiro-esteireiro, tinha a missão de direcionar o animal até o local da faixa, tentando emparelhá-lo e assim entregar o protetor de caudas do boi ao jovem rapaz, para que ele, o puxador, pudesse derrubar a rês. Cada gesto parecia em vão.

O boi antecipava os movimentos dos cavalos e escapava das investidas. Fugia muitas vezes do brete, tendo que ser tangido de volta. O rábula ria do desempenho do animal, que corria ágil, sem toscanejar, e do mau-jeito do rapaz garboso, que seguia tangido pelo boi. Prestes a ser classificado com zero, o vaqueiro tentou derrubar o animal, mostrar agilidade e atrair para si a atenção do visitante. Esqueceu que o boi, habituado aos pastos, conhece a liberdade e traça astúcias para escapar dos laços e mando dos homens. Quem iria imaginar que um animal tão passivo, remansoso, pesado, fosse dotado de inusitada esperteza.

O chefe do curral logo percebeu que a dupla de Alexandrino dificilmente iria vencer, que dali não sairia a decantada expressão da vitória "valeu o boi". A derrota marcou a sorte de Alexandrino. Ao se dirigir ao visitante, diante do insucesso, o rapaz ensaiou versos de uma Cantiga de Maldizer, parodiando o gênero épico medieval. O rábula percebeu que aquele menino, de apenas dezessete anos, se daria melhor com as letras do que com os bichos. Logo após o zero lavrado no curral, o homem da cidade decidiu, junto com a anuência do Coronel Canuto, levar consigo o desajeitado vaqueiro. Nem passou por ele a dúvida de que aquele seria um homem capaz de seguir seus negócios. Assim que chegou ao destino, matriculou o rapaz em uma instituição de renome, o Seminário da Prainha.

Uma vez por mês o jovem visitava a casa de seu tutor. Em uma dessas idas e vindas, o rábula leu em silêncio um bilhete com palavras de recomendação do pai do seminarista — bem que eu gostaria que você se tornasse padre, mas ficaria ainda mais satisfeito se você cassasse com uma das filhas de seu protetor. Peixotão ergueu o sobrecílio esquerdo, gesto contumaz que ensaiava ao revelar dúvida, e proferiu apenas uma palavra — concordo. Em seguida, conduziu o jovem à sala em que estavam suas três filhas, pedindo para que ficassem de pé, alinhadas, diante do seminarista, e disse: escolha uma.

Embalado pelo instinto dos que margeiam mato e rio, sem sequer precisar usar o raciocínio, o jovem logo se afeiçoou à mais miúda e tímida: Amanda. Não demorou para contraírem núpcias. E veio uma prole numerosa. Um deles é o homem que viaja no começo desta história para o Rio Grande do Norte. No bolso da calça levava um valioso relógio de algibeira, banhado a ouro, um autêntico Patek Philippe. Nele está gravado com letras cursivas — fabricado expressamente para Gondolo & Labouriau, número 149592, Rio de Janeiro. Um relógio repassado entre bolsos e mãos de gerações.

Não se sabe a hora exata em que, nesse fatídico dia de fevereiro de 1943, o jipe despencou do alto da estrada até o barro informe, no lugar chamado Boqueirão do Cesário. O motorista e o portador do relógio, assim como seu filho mais velho, ali mesmo perderam a vida. Os mortos foram saqueados, e todos seus pertences roubados.

Não houve como comunicar o acontecido à família. Sentada à calçada da rua Tristão Gonçalves, sem nada imaginar, a viúva viu estacionar um carro e de sua boleia retirarem dois caixões, um com o corpo de Osmar e outro com o do filho. Sangue, areia e pequenos arbustos do mato ainda contornavam as rotas vestes dos falecidos. Vidas arrancadas no gesto de desvio de um bicho na estrada. Restou quase nada. No ritual de preparação para o sepultamento, é encontrado, intacto, no bolso da calça de Osmar, o Patek Philippe banhado de sangue.

O tempo foi correndo, o filho do homem que desceu da viagem por ser atrapalhado e de pouca idade decide, décadas e décadas mais tarde, repassar o relógio para a filha mais velha. Nele pulsa a história dos lombos de burros, do mando dos coronéis, das matas fechadas, das derrubadas do boi, do silêncio das margens que contornam o rio do Vale, do amor escolhido, da face cruel da morte, da erma calçada do tempo. O relógio está comigo. Ele e todas as horas convertidas em palavras de carne e sangue.

Sombrio

Nem havia raiado o dia quando Eulina despertou aterrorizada. O papoco causado pelo impacto do carro no pequeno corpo atravessou o silêncio. Era como se ela permanecesse de olhos abertos mesmo em sono profundo. Antes da estrada, a criançada corria de uma casa para outra sem risco. A BR-116 rasgou a fazenda Sombrio ao meio, fazendo um talho entre a casa de Angelita e a oficina de Seu Raimundo, fazedor de selas e chapéus de couro.

Ali, no vale do Jaguaribe, havia uma crença respaldada em fatos: não se conta um sonho antes de o sol se esgueirar no horizonte. Eulina despertou, esfregou os olhos e abriu o ferrolho da janela. Estava ermo lá fora. O galo sequer havia cantado. Fez três gestos de pelo-sinal para espantar o assombro. Em seguida, juntou as lenhas e acendeu o fogo. Foi quando acordou Isaías, o primeiro dos nove filhos. As redes armadas emparelhadas deixavam ver o tamanho da trabalheira que vinha pela frente. A ruma de menino não dava sossego. Eulina era só para tudo. O marido havia partido em um pau-de-arara, na direção de São Paulo, há mais de três anos, e não se soube mais dele.

Isaías tinha treze anos; Vilani, a última, apenas três. Como se costumava profetizar no sertão, bastava o marido pegar no punho da rede que Eulina emprenhava. Naquele dia, a mulher faria tudo igual, seguindo a lida diária. Com o fogo aceso, o fubá de milho aquecido, misturado ao leite, alimentaria cada um. Depois era varrer o terreiro, preparar os jumentos para buscar água no açude, lavar roupas acocorada nas pedras, dar de comer aos bichos e escutar as notícias no rádio. Sim, havia o rádio e a esperança de uma mensagem de retorno do marido, ou qualquer uma que dissesse se estaria vivo ou morto.

O rádio era o único luxo da mulher negra, Eulina Caipora, descendente de escravizados. Cortou lenha, pisou milho, destripou vísceras de animais para juntar um dinheirinho e comprar um Sony-motoradio de um vendedor que costumava passar na Rural dos galegos, apinhada de mercadorias. Assim soube, em 1965, que o dito presidente do Brasil, Castelo Branco, iria implantar a rodovia BR-116 Fortaleza-Jaguaribe. A notícia se espalhou pelas fazendas da região, e se dizia, à boca miúda, que a *rodagem* iria passar bem ao meio do Sombrio.

A benzedeira das redondezas, que também fazia premonições, vaticinava que a estrada, ao contrário do que dizia a voz do presidente, estava longe de trazer o anunciado desenvolvimento, seria, ela sim, caminho de perdição e dor. Filinta era certeira nas palavras que proferia de olhos fechados e dedo em riste. Já Eulina preferia pensar que qualquer caminho aberto é um rasgo de liberdade.

No cair das tardes, a mulher do Sombrio sintonizava o rádio na novela *O direito de nascer*, na frequência modulada 13.07 hz. Escutava as histórias de Maria Helena, de seu noivo Alfredo, e nesses trinta minutos saía do ar. O mundo parecia existir apenas no drama moral da tal Helena abandonada por estar grávida e na recusa de Alfredo em assumir o filho, até o confinamento da moça em um convento, convertida em irmã de caridade. Eulina não cansava de repetir ao fim de cada capítulo — mulher veio ao mundo para carregar peso. Nove barrigas, nove partos, o fardo da espera.

Pensava que, mesmo casada com Raimonaldo (nome que associava o nome da mãe Raimunda com o do pai Ronaldo), estavam ela e os filhos entregues à própria sorte. Costumava repetir — o amor é bonito na novela. Na vida deixa secura e vazio. Nos intervalos, as propagandas do sabonete Palmolive, Gessy Lever borrifavam desejo na sua pele cansada. Era essa a única estrada, dose diária de alento.

O próximo capítulo da radionovela prometia emoção. No dia anterior ao sonho de Eulina, um dos personagens principais, o poderoso Dom Rafael, sofrera um acidente, necessitando de uma transfusão de sangue. Albertinho, o neto que teve que ser adotado por outra família, escuta a notícia e se oferece para doar sem saber que se trata de seu avô. Por fim, o tal Dom Rafael dá sua permissão para que Albertinho namore sua neta Isabel Cristina, sem sequer desconfiar ser ele o neto que um dia renegou. Eulina sonha com alguém, um doador, que salve sua família do cansaço das sucessivas secas do sertão, do estio e do abandono. Pensava vez por outra na saga da escravidão contada pela avó, nas correntes, no açoite e nos fantasmas que assombravam as noites nos porões. Teria ela algum direito de nascer, de viver?

A construção da estrada trazia para perto da casa máquinas pesadas, ruídos de caminhões e uma poeira fina que invadia o dia a dia do lugar, até mesmo o pensamento. Tudo se misturava naquele buraco de terra no Vale. As datas, feriados, celebrações se perdiam no espaço das horas. Eulina escutou no rádio uma marchinha de Carnaval, embora não tivesse a menor ideia do que seria essa festa, cantarolava a modinha enquanto removia o pó fino da obra. "Ah, Dom Rafael, eu vi ali na esquina o Alberto Limonta beijando a Isabel Cristina, mas mamãe Dolores falou, Albertinho, não me faça sofrer, Dom Rafael vai dar bronca e vai ser contra o Direito de Nascer."

Lá fora, a retroescavadeira continuava a cavar barro e areia, a afastar pedras. O raio extensivo do giro da máquina por vezes fazia Eulina imaginar que seria arrancada da face da Terra, que viraria pó, que não haveria novela que contasse sobre seu não viver. A pá carregadeira da máquina parecia querer retirar, mover do lugar vestígios de vidas passadas. Talvez fosse esse o traço do destino, pensava. Ser finalmente engolida pela areia do esquecimento. O programa *A voz do Brasil* repetia a maldição exortada nos terços diários de Eulina — que o povo se sacrifique para que o Brasil cresça. Sacrifício meu povo já fez muito, pensava enquanto rezava.

A novela prendia a atenção da mulher, deixando agitada a respiração. Nem deu conta de Vilani cruzar a porta. Não percebeu a alucinação da menina por algo tão grande, pela máquina que tirava o chão do chão. A pequena foi caminhando devagar. Queria ver o fundo da terra, queria sentir com as mãos o tamanho da grandeza. Não estava habituada a trânsito de nenhuma espécie, a ter que sair do meio, sequer sabia que pesa o que vem da cidade. O motorista do caminhão também não percebeu a menina se aproximando. Só enxergava areia e mato, matéria e bicho. Ativou a força dos cilindros e, ganhando velocidade, deu uma ré, lançando o corpo de Vilani dentro do buraco.

Entre vozes da novela, Eulina escuta um grito familiar, o mesmo das vidas pisadas relatadas por sua avó, o mesmo do sonho matutino. Em alvoroço, corre para fora da casa e nada vê. Até que o motorista se arrasta da cavidade de areia carregando o corpo inerte de Vilani. Segue na direção de Eulina com a menina nos braços. Misturado ao barro vermelho de terra, havia sangue a cobrir o vestido de chita da criança.

Dentro da casa, a novela encerra o capítulo do dia anunciando as vantagens do uso do fermento em pó Royal. Algo que nunca iria fazer crescer qualquer volume de esperança por ali. No olhar de Eulina, rendido aos pés da estrada, havia terra, horror e lágrimas. A mulher percebeu que o fim era o mesmo narrado pela avó e por tantas mulheres no engasgo de vidas atropeladas. A morte permanece soterrada no grito suspenso de corpos à beira da estrada.

Garota solitária

Há abismos mesmo que exista estrada.

A primeira coisa que ela avistou de dentro do jipe foi a mata escura. Era noite quando a menina chegou ao seu destino. Para a longa viagem, a mãe providenciou uma mala pequena com poucos vestidos, livrinhos para leitores iniciantes e sacos de broa e de *bulim*. Desde que chegara do Rio de Janeiro, a menina carioca, como se costumava dizer na pequena cidade de Russas, havia descoberto a bodega do Seu Juju e aquelas iguarias. Qualquer moedinha que sobrava das compras, qualquer trocado dado pelos pais era um motivo para a correria na direção da venda.

Quando a família decidiu que Maria iria passar três meses no sertão, entre a fazenda Cachoeirinha e o Sombrio, a menina nem havia entendido por qual razão sumira o mar de Copacabana, a luz da praça Cardeal Arcoverde, onde costumava ir aos finais de tarde na companhia de sua mãe. Tinha poucos anos, talvez meia década, quando mirou pela primeira vez na praça um objeto (depois soube que era um candelabro de nove velas, denominado Chanukiá) de muita luz. Explicou a mãe, diante dos olhos perplexos da menina — filha, ele celebra a luta de um povo, está escrito ao pé do monumento: liberdade de crença religiosa e a vitória da luz sobre a escuridão.

Em Russas, a energia de Paulo Afonso não havia chegado, tendo sido ela inaugurada apenas na capital, no tempo avizinhado de dezembro de 1964. Talvez, por vir do clarão que havia no Rio e se deparar com uma pequena cidade envolta na escuridão, a menina conservasse nos olhos a imagem das nove velas. Durante o dia, o sol tinia, e não se trata de rima fácil. A intensa luminosidade permitia ver mais do que os olhos da pequena menina suportavam. Eram milhões de velas, pensava.

A sua casa, na rua principal, era ponto de paragem do chamado misto, caminhão que transportava bicho, gente, mercadorias, documentos importantes, sacos de mantimentos, de uma cidade a outra. Havia ainda ao lado o hotel do Seu Sobreira. Nele um homem, habitualmente, tarde da noite, na frequência oscilante de um quase uivo, entoava a canção "Será que eu sou feia? És não senhor. Será que eu sou linda? És um amor". A mesma que a menina costumava escutar nas rádios das ruas de Copacabana, na voz da cantora Ângela Maria.

O título da música, *Garota solitária*, trilha sonora das madrugadas, era um fio que parecia interligar tudo: o lugar que havia ficado para trás misturado à sensação de desterro, e a suspensão das palavras que assolava o escuro da cidade. Não havia se familiarizado com a nova terra quando soube que iria passar as férias no sertão. Disse o pai com os olhos brilhando tal qual duas bolas de gude — Cachoeirinha e Sombrio vão te ensinar a ler fora dos livros, a caçar palavras nas matas. Ele sabia ser esse o melhor argumento.

Portava um pequeno chapéu de couro, quando subiu no jipe mesmo a contragosto, sob alegação de que iria enfrentar muito sol na travessia do sertão. Não havia no carro nenhum ente da família, apenas o motorista conhecido de seu pai e sua mulher, que iria ficar em uma localidade de nome Peixe Gordo, situada ao longo do percurso até as fazendas.

O sol ainda se escondia no horizonte quando a mãe despertou Maria — acorda, o homem chegou. Assentou-se na parte de trás do carro, ajeitou na cabeça o largo chapéu de couro e logo cochilou encostada a uns sacos de farinha dispostos no banco traseiro. Foi quando o sacolejo, seguido das várias capotagens do veículo, lembrou Maria o peso do destino — morreria do mesmo modo que seu bisavô. Só que dela não levariam nada. Do que vale um chapéu de couro?

O Willys Overland, fabricado em 1959, passou no teste. Após três viradas permaneceu intacto e de pé, afastando-se da linha da estrada. Fora do carro, assentada no barro, estava a menina. O motorista e sua mulher permaneceram no veículo emborcado, sem nenhum arranhão. O homem repetia de joelhos, seguidas vezes, milagre, milagre, valei-me, Nossa Senhora do Rosário, santa da igreja matriz de Russas. Maria, escutando o nome de uma divindade, sem pestanejar, bradou — valei-me, Iemanjá. O motorista mirou duas vezes atônito a garota, que procurava na mata seu chapéu de couro. Primeiro, por sua tranquilidade no triplo tombo, e por ter se valido de uma não santa, entidade que não se ousava pronunciar entre os católicos da região.

O homem do jipe removeu a areia das vestes da menina e depois a fez jurar — nunca mais chame o nome dessa criatura, tá? Maria deduziu ali o que perdera. Não havia mais luz nas noites, teria que renegar o nome de sua mãe do mar, já que nascera de uma promessa feita a essa entidade, e aprender a conviver com a possibilidade da queda, sombra da morte do avô nunca visto.

Refeitos do susto, seguiram viagem. O sol foi declinando. O tempo parecia se dilatar no percurso tantas vezes recortado pelas obras de execução da Rodovia BR-116. O jipe, agora coberto de areia vermelha, trepidava entre atalhos, buracos e montes de pedra. Para distrair o tempo, a menina indagou ao motorista o que queria dizer Russas, nome de sua nova cidade. Diz a lenda, agarrando o homem o mote da conversa, que um velho fazendeiro chamado Zacarias, nos primeiros anos de povoamento do lugar, era dono de vistosas éguas de cor ruça, marrom avermelhadas. Os animais chamavam atenção por serem enfileirados seguindo essa cor encarnada. Vamos ver as ruças, diziam pessoas vindas de toda parte. E aí, menina, veio de ruça o nome que virou quase o mesmo da cidade.

Todos dormiam quando o motorista bateu na porta de Francisco de Acelino e de sua mulher Angelita para entregar a viajante. Foi logo dizendo — essa bichinha só tem tamanho de gente pequena, é invocada, tem intenção de gente grande. Era tanta poeira que Maria foi de imediato levada para um tipo de banheiro nunca visto. Dentro havia um pequeno tanque com água, uma cuia, um sabão em barra, sendo que a esponja era uma bucha dura. Angelita esfregava sabão na bucha, jogava um pouco de água de cuia e se espantava com a lama que descia do corpo da menina.

Após o banho, Maria adormeceu numa rede quadriculada armada com uma corda na sala. O escuro já parecia fazer parte de sua vista fatigada. Cedinho foi despertada com o som do vaqueiro a aboiar o gado no curral. Sentiu o cheiro do café e da tapioca sendo preparada no fogão a lenha. Dirigiu-se a um urinol branco portado ao lado de sua rede e em seguida foi até a cozinha. Dela enxergou a mata que circundava a casa. No entorno havia só mais duas casas, a do velho fazedor de celas e da negra descendente dos Caipora.

Foi logo advertida — não vá para longe, nas matas há muitas cobras, e o perigo de ser devorada por um guaxinim. Ele reina até o outro lado do rio. Cada vez que mirava o entrecruzado do matagal na caatinga, Maria via os contornos do bicho em meio à escuridão. Ao deitar-se na pequena rede e aguardar o sono, ela parecia ter um livro escrito em sua mente. O pai não mentira, o sertão é livro sem escritura. De um lado a miragem do candelabro de nove velas iluminando o Rio, acendendo o mar de Iemanjá; do lado da mata escura, entrevia o focinho imenso do guaxinim espreitando a entrada.

Passaram-se alguns anos e não muito o pavor de Maria pelo animal, o monstro que se dizia mais ameaçador que a cobra, tal qual repetia a anfitriã Angelita, que espremia a pessoa até a morte. Já mais crescida, de volta ao sertão, descobriu a garota ser o guaxinim na verdade um pequeno rato, de quarenta a setenta centímetros, por vezes esperto e engraçado, apenas episodicamente atacando, se ameaçado, com suas garras e dentes.

O tempo da escrita assemelha-se ao pêndulo da vela de Chanukiá, movendo-se de um lado ao outro. A palavra acende e apaga, cala e guincha. Dilata e estreita o espaço da fera imaginária e da luz das nove velas piscando entre terras.

Sombrio e Cachoeirinha seguem submersas. Repousam no fundo da represa do Castanhão. Respiro do fundo das águas. Sertão sou eu. Em qualquer lugar.

João-de-Mariquinha

Na cidade não havia energia elétrica. Osmar costumava, aos fins de tarde, dirigir-se ao botequim que ficava na praça principal do povoado. Pontualmente às seis horas, os sinos da matriz badalavam, e o lampião sueco de metal, pendurado a um fio, trazia um pouco de luz para o botequim do velho Eliatar, o Barba Azul. Era aguardado o horário em que o gerador de iluminação pública da comarca acenderia. A cidade contava com uma pequena usina movida a lenha que fornecia energia para suas vinte e três lâmpadas espalhadas em postes de ferro. A tensão da corrente, reduzida pela presença dos poucos transformadores, fazia a luz do Barba Azul ficar ainda mais rala e tênue.

Em uma das tardes em nada diferente das outras, o homem, chamado habitualmente de Osmarzinho, chegou ao botequim e se sentou na mesa em que estavam acomodados um fazendeiro da região e um frequentador habitual. Os sinos ainda repicavam na igreja da matriz quando o dono do estabelecimento desligou o lampião, fazendo uma espécie de contagem regressiva para a hora em que os postes dariam ares de sua graça.

Um acontecimento interrompeu o ritual da luz. Subitamente, um homem de feições não definíveis, diante do lusco-fusco das horas, bateu nas costas do jovem funcionário do banco anunciando — se levante para morrer em pé, que eu não mato homem sentado. O fazendeiro que estava à mesa agarrou o matador por trás, arrastando-o até o facho mais generoso do farol. Foi quando o homem, discernindo o rosto do *cabra* quase morto, disse — pelo amor de Deus, eu ia eliminando o homem errado. Como se comentou dias após dias no botequim, o forasteiro correu desembestado, e não se soube mais dele.

Osmarzinho, homem devoto, agradeceu a vida devolvida. Prometeu então a si mesmo que salvaria alguém de morte jurada. E o tempo foi correndo manso no compasso dos dias. Sua casa era reduto de parentes que vinham do interior para efetuar consultas médicas, fazer compras de remédio, de gêneros alimentícios escasseados nos matos e para outros negócios.

Costumava hospedar-se no quarto que havia no fundo da casa do bancário, já quase beirando a rua correspondente, um tio com mais de oitenta anos. O chamado Tio João-da-Mariquinha era morador de um pequeno lugarejo do Vale, o Poço Comprido. A família do velho, uma das mais temidas na região. Um de seus filhos, criado na Paraíba, fez carreira no cangaço, tornando-se afrontoso matador.

O octogenário João mantinha um hábito curioso. Ao chegar à pequena cidade, descia do misto bem defronte à morada do seu habitual hospedeiro, o parente Osmarzinho.

Falava-se que o tal filho da Mariquinha era frequentador assíduo do Carrascal, onde ficavam as prostitutas da pequena cidade. Havia nas noites de sábado um sanfoneiro tocando o fole e a dança agarradinha que se estendia até o dia amanhecer. A cidade se admirava do fôlego do velho, que, diante dos bons olhos, era chamado de pé de dança e à boca miúda, pelas línguas maldosas, de véio raparigueiro.

Tudo corria bem, já que João parecia ter energia para isso e muito mais. Repararam? Os desvios de rota de histórias que parecem seguir ritmo linear têm a mesma causa: a paixão. O senhorzinho desavisado se enrabichou por uma das mulheres do Carrascal. Na feira, João costumava encontrar um vendedor ambulante, portando em sua motocicleta (transporte que era um avanço para o lugar) uma pequena maleta com bijuterias, que dizia serem cobertas de ouro, anunciadas em alta voz.

Certa ocasião, ao escutar a palavra "ouro", o velho vislumbrou o colo de Ozanira, a amada, com aquele cordão deslizando o corredor de seus seios fartos. Imaginou-se sendo tangido por essa vereda e alcançando o prazer que não se sabe de que terra, de que roçado germinava. O homem comprou o cordão, com uma medalha de Nossa Senhora da Conceição, para pagar em três vezes. Combinação perfeita entre santidade e despudor.

Em um dos sábados, encontrou o vendedor na feira, dizendo este que o velho ainda lhe devia uma prestação. Começou uma teima sem fim. João dizia que já havia pagado tudo, era homem de palavra, de honra. Tomado de ira, foi desferindo uma saraivada de balas verbais na direção do ambulante, e um dos últimos impropérios, o de filha da puta, acendeu a chama de ódio do vendedor. Não recordou o vendedor que estava diante de um velho que poderia ser seu avô, que seu cliente inadimplente personificava a mais temida linhagem de pistoleiros do Vale do Jaguaribe. Sem titubear, com o sangue fervendo, o ambulante desferiu um bofete na cara do velho, fazendo seu chapéu de couro rolar, diante de incrédulos olhares naquela manhã de março de 1967.

Voltando para a casa do primo, resmungante e cabisbaixo, João sentiu-se envergonhado de contar a humilhação. Calado, retornou ao Poço. Nem imaginou que a notícia atravessaria as cancelas das fazendas, que correria ligeira, alcançando os ouvidos de seu temido filho. Ora, não deu outra. No sábado subsequente, desceu da boleia do misto o afamado cangaceiro, um primo ainda mais decantado por sua coleção de nomes matados, e um irmão do velho, formando o trio da mais destacada linhagem da pistolagem da família Diógenes nos rincões do Vale.

Passaram primeiro na casa do primo para um breve café, antes da hora da eliminação do ambulante. Ao serem indagados sobre o motivo da visita, responderam com a calma peculiar dos que matam como se tomassem um café — estamos aqui para limpar a honra do véio João, vamos exterminar o vendedor na feira, no horário mais cheio, pra todo mundo ver que em Diógenes não se bate na cara.

Osmar se avexou. Por o trio ter sido visto descendo do carro direto para sua casa, podendo assim ser facilmente identificado como cúmplice do crime. O homem, que, além de funcionário do banco, era também escolado no uso das palavras, ponderou, implorando aos parentes que voltassem no outro sábado e se dirigissem direto à feira.

Assim que os primos retornaram ao Poço Comprido, o homem, agitado pela possibilidade de o assassinato ser cometido em praça pública, e movido pela promessa de salvar a vida de alguém, saiu em busca do vendedor de joias. Após prolongada procura, finalmente encontrou o ambulante no Carrascal, aninhado nos braços de Ozanira, a amada do véio João. Nem esperou que o rapaz terminasse o ato, foi logo dizendo — pegue sua maleta, monte na moto e suma daqui. E não volte mais nunca. Assim foi feito. No outro sábado, o trio retornou à cidade. Chegando à feira, não encontrou nenhum rastro do vendedor, apenas o fuxico sobre o sumiço de Ozanira e do prometido de morte. Osmar cumpriu sua promessa. Uma vida pela outra. Já a vingança permaneceu suspensa.

Maria, da mesma e de outras histórias, via gatilhos acionados nos bolsos de alguns dos homens que se sentavam à mesa de sua casa. Enxergava o vermelho do sangue banhar a vista árida dos matadores, desertos de palavras. Pensou nas tantas vezes em que tais cenas percorreram os vãos das salas de visitas. Inundaram sonhos, sobrevoaram textos do ofício da ciência.

Havia sido dada a sentença. Sente-se. Escreva. Até não morrer.

Antônio-seis-bananas

Era dezembro de 1963 quando o misto parou em um sábado defronte à casa do primo, e dele desceu um parente nunca visto. Vestia calça e blusa de cor azul-turquesa, no linho talhado na melhor cambraia. Era visível a roupa bem-passada no ferro quente, endurecida pela goma, um tipo de amido misturado à água, frequentemente usado na época. Portava um chapéu de alta qualidade de couro bovino, de abas largas dobradas, estilo de Lampião, e uns óculos semelhantes aos do poeta nordestino, o cego Aderaldo. Sem esquecer o cantil que preparou para a viagem, com a boa aguardente.

Antônio, mesmo nunca tendo saído de sua pequena fazenda situada ao lado da afamada Sombrio, dizia ser admirador do cego, de tal modo que não tinha quem o fizesse tirar os óculos. Vez em quando, se convidado a sentar à mesa, justificava o uso do que o velho chamava de cangalhas da vista — enxergo até o que não devia, e não tiro porque acho bonito. No rumo da prosa, contava a desgraça, palavra que fazia questão de soletrar, de Aderaldo, que, aos dezoito anos, por tomar um copo d'água com o corpo quente de seu trabalho à frente de um motor, sofreu um tipo de explosão das duas vistas ao mesmo tempo. Quem por perto escutava ficava a imaginar a tragédia dos pedaços de olhos estourando em todas as direções.

Antônio Diógenes era típico matuto, palavra também várias vezes soletrada, quando se ia falar sobre o visitante. Mesmo com posses, o homem educou seus filhos em casa, tendo sido acompanhados de uma professorinha que ensinava o beabá e as quatro operações. E dizia, para quem perguntava qual a razão de não mandar os filhos para a escola — pra que mais que isso? Os meninos vão saber juntar as letras, assentar o nome, fazer as contas, que é pra não serem engabelados nos trocos. Mesmo movido por um comportamento rude, Antônio tinha a fama de ser um homem dedicado à família e à lida do sertão.

No dia em que pisou pela primeira vez a pequena cidade do Vale do Jaguaribe, Antônio fez a viagem na intenção de visitar a agência local do Banco do Brasil e solicitar um empréstimo para expansão da manada. Precisava de mais vacas e de um touro reprodutor.

Antes de se dirigir à agência, passou na casa de um parente que trabalhava no banco, com a esperança de ali mesmo ser resolvido seu problema. Antônio nunca escutara uma palavra que havia mudado, com o chegado desenvolvimento, toda a forma de troca de favores no sertão — burocracia. Informado da necessidade de se dirigir diretamente à agência, assim o fez. Após a avaliação de seu caso e a assinatura de vários documentos, o banco registrou suas terras e o próprio gado como garantia do empréstimo. Além do gado, das terras, o poder naquelas cercanias, no ido dos anos sessenta, passou a ser medido pelos que possuíam ou não o veículo denominado na linguagem popular de camioneta.

Preocupado em ir bem-vestido e perfumado ao banco, Antônio pouco se importou com alguns detalhes do contrato do empréstimo, na verdade fez vista grossa para quase todos. Fazia parte das cláusulas contratuais uma fiscalização permanente do uso do recurso. O disse-que-disse da tentativa de esperteza de Antônio se espalhou por toda a cidade. Corria a notícia de que já na primeira vistoria o representante do banco teria verificado que a metade do valor das vacas havia sido aplicada na compra da tal camioneta. O laudo fiscal registrou um desvio de aplicação do recurso recebido por Antônio. O banco então enviou uma carta de convocação, requisitando seu retorno à agência. Isso também, como o bom suspense das radionovelas, fez parte dos assuntos cotidianos da pequena cidade.

Dias depois, desceu do misto Antônio Diógenes. Dessa vez com uma roupa de mescla de cor branca, usando os contumazes óculos e um cinturão de couro. Portava no lado direito do cinto um revólver niquelado Smith Wesson, cano 32, e do outro uma peixeira de cabo de madeira, que Antônio costumava chamar de faca de arrasto. Trouxe como companhia, alegando que era apenas por precaução, um dos coiteiros usados na sua fazenda para reparar cancelas e o movimento das estradas.

Chegando à agência, Antônio se dirigiu ao primo, que, tenso e a contragosto, iniciou uma didática explicação acerca da irregularidade. O parente do banco, tendo cursado Filosofia, era bom em retórica. Explicou, pausadamente, que a irregularidade cometida pelo fazendeiro era grave e que teria que ser imediatamente remediada. Antônio apenas suspendeu os cílios e tracejou entre feições a resposta silenciosa — entendi foi nada. Na segunda tentativa de explanação, tentando ser mais direto e preciso, resumiu o primo do banco — parte do recurso que você recebeu aplicou em vaca, sendo que a maior parte foi usada para compra de um veículo. Isso não pode ser feito, primo! Antônio, olhando para os lados, com uma mão na faca, outra na cartucheira, munido de astúcia, retrucou — e eu precisava comprar todas as vacas do mundo? O chefe, de posse de argumentos técnicos e jurídicos, percebendo que Antônio fazia pouco do que ele dizia, decidiu ser ainda mais direto — infelizmente, Antônio, você é obrigado a se desfazer da caminhonete e aplicar todo o recurso do empréstimo nas vacas. Conversa vai, conversa vem, Antônio, que só sabia assentar o nome, assentiu — primo, eu não sei o que assinei, meu nome foi botado no documento em confiança a você. Se é para se desfazer do carro e comprar vaca, é amanhã mesmo. E assim sucedeu. Voltou para casa rosnando baixinho — pra que carro se nem de cidade eu gosto? Volto lá nem amarrado.

No fim de tudo, antes do retorno, o tal primo, para tentar amenizar o ocorrido, chamou Antônio para um almoço em sua casa — você é nosso convidado, mandei aumentar o caldo do feijão. Sentado ao lado das três crianças filhas do primo e de sua mulher, o homem, a contragosto, mistura o feijão à farinha. Repete, sem o menor cuidado com os donos da casa, visivelmente aborrecido — isso já como lá em casa.

Ao findar a refeição, era de hábito ser servida sobremesa, uma novidade para o matuto. Havia sobre a mesa uma penca de bananas grandes, de um tipo denominado coruda. Sem cerimônia, o visitante apontou para as vistosas bananas e disse — quero é isso. Comeu uma, tirou a casca da segunda banana ainda maior que a primeira, chegando ao número de seis. As crianças, incrédulas, olhavam para o homem de óculos escuros à mesa, que mais parecia uma máquina trituradora. O apelido colou ao homem de óculos: Antônio-seis-bananas. Naquela casa, qualquer ato de se levar uma banana à boca era seguido da ironia, quer mais cinco?

Depois de quase um ano, o matuto, com a venda de parte da reprodução das vacas, adquiriu uma caminhonete e passou a ser visitante assíduo da cidade. A criançada em algazarra, quando via estacionar o carro em frente à casa, cochichava entre si — chegou o Antônio-seis-bananas!

Uma história é boa quando ganha estrada. A menina mais velha da casa, que devia ter uns sete anos na época da primeira visita do parente, teve a ideia de repetir a façanha do primo. Na frequente brincadeira de casinha, costumava assumir o papel de mãe de seu irmão de três anos. Em um desses dias, o feito se materializou. A menina retirou as bananinhas pequenas da árvore do quintal, todas bem verdes. Picou as seis no pratinho, parte dos utensílios da casinha coberta por um lençol, e ordenou — coma, Paulo-seis-bananas. Foi obedecida. Na boca da noite, o menino desandou com uma disenteria que não dava trégua. Sob indicação do médico local, internaram o irmão no hospital. Nenhum dos dois disse nada aos pais. Até que o médico desconfiado indagou — o que você andou comendo? O menino Paulo, que quando agitado ficava gago, desordenado nas palavras, respondeu — seis bananas, doutor, mas eram bem pequeninas.

Após uma semana de internação, no retorno à casa, o codinome seis bananas esticou-se na linha da parentela. Varou do primo do sertão até o menino antes apelidado de arroz-doce. Por vezes a criança sobrevivente portava-se no peitoral da casa estampando um riso de satisfação, desprovido de qualquer razão. Quando os passantes diziam, achando ser um insulto, "Paulo-seis-bananas", o pequeno imaginava que um dia teria um terno engomado de mescla, uns óculos pregados à cara, e passearia na rua larga, dirigindo sua caminhonete de caçamba.

Antônio, quando soube do que sua visita havia ocasionado, apenas comentou — menino é bicho malino. Mais nada. Já a menina que escreve esta história, por ter carregado a culpa de quase matar o irmão, por onde passava, ouvia dos moradores do lugar — essa tem o sangue dos Diógenes. Age calada.

O visitante ilustre

Não era fácil mover-se entre armadilhas, veredas e tocaias para o moço recém-chegado das terras do Sul, criado distante das matas do sertão. Com a morte do pai, sendo o único filho homem da mãe viúva de três filhas, o menino teve a vida revirada. No dia em que o jipe tombou na estrada do Boqueirão, muitos sonhos do chamado gaguinho rolaram ribanceira abaixo. Desapareceu não apenas o tabelião de trinta e três anos, seu pai, como as benesses do cargo, o próprio cartório e a vida fácil da família.

A viúva passou a vender, de hotel em hotel, colchas de labirinto e camisolas adornadas de renda de bilro e renascença. O menino, custeado por um padrinho, continuou o curso primário em um destacado colégio da cidade, depois o ginasial. Na casa situada na rua Senador Pompeu, na capital do Ceará, o pão de cada dia dependia da boa vontade do dono da bodega em liberar ou não a compra, sendo assinado o valor em uma caderneta para a quitação mensal da dívida.

O científico fora cursado no Liceu, na parte da noite. Durante o dia, o rapazinho, chamado pelas irmãs de Neca (diminutivo de boneca, já que tinha olhos verdes e sorriso gracioso), virou-se como pôde para ajudar nas contas.

Passou a atuar como apontador de construção. Costumava almoçar no chão com os operários, sentados em roda, tendo ao meio panelas contendo feijão, toucinho e, por vezes, sardinha e farofa.

Fez parte da construção da casa de um tabelião local, de nome Pergentino Maia, dono de um prestigioso cartório. Um dia em que exercia a tarefa de pregar tacos de madeira no piso na obra, o jovem acabou por chamar a atenção do proprietário. O homem, curioso, solicitou ao rapaz — levante-se e me diga o nome. Ainda com leve traços de gagueira, o moço proferiu a mesma alcunha do pai tombado no Boqueirão. Os operários, sentados no chão, puderam ver marejar os olhos do senhor, que, sem muita demora, tentando disfarçar a emoção, ordenou — de volta ao trabalho.

Logo depois, o quase menino, de dezessete anos, tentou uma vaga no jornal *O Estado*. Após participar da seleção como revisor, conseguiu preencher seu último horário livre, o da madrugada. No intervalo, por volta das duas da manhã, se refastelava com bolachas fogosas, acompanhadas do leite vindo do Fundo Internacional de Socorro à infância. Conta que não se sabia como ali chegava o tal leite em pó.

Havia apenas dois cursos universitários noturnos em Fortaleza: Economia e Filosofia. O jovem optou pelo segundo. No jornal foi rapidamente promovido de cargo, passando de revisor a redator. Designado para cobrir uma reportagem sobre o Teatro Escola do Ceará, tendo como porta-voz Nadir Papi-Saboya, lembrou que estava à frente da diretoria, e outra integrante da direção, Maristher de Carvalho Gentil.

Sem nenhum argumento sólido de formulação do critério, foi de imediato avaliado pelas duas como um tipo teatral.

Em dupla com uma talentosa atriz, Fernanda Quinderé, encenou *O mercador de Veneza*, peça de William Shakespeare, e *A importância de ser severo*, inspirada em Oscar Wilde. As peças cruzaram as fronteiras do estado, chegando a ser encenadas em São Paulo, no Teatro Brasileiro de Comédias-BBC.

Ao decidir subir a Micaela, na madrugada de um agosto de 1963, muitas águas já haviam rolado. Haviam se passado dois anos do dia 25 de agosto de 1961, data do despacho da transferência do rapaz do Rio para Russas, efetuado no mesmo dia da renúncia do presidente Jânio Quadros.

O destino conspirou para que o menino dos livros, do teatro, da filosofia retornasse ao sertão, berço de seus antepassados. Residindo no Vale, criou o hábito de percorrer terras e visitar parentes. Passava pelas propriedades dos Pinheiro, dos Diógenes, dos Nogueira e dos Saldanha; segundo ele, tudo parte da mesma família. Estava na casa de um deles, quando escutou o comentário: nos contrafortes da Serra da Micaela, havia uma família isolada do mundo, cercada de coiteiros e homens dispostos a matar quem lá perto chegasse sem justificativa. Dizia-se que era um povo oriundo da Paraíba, e fugira do estado por rixas e ciclos de vingança entre famílias.

O anúncio assumiu para o primo do banco, a força sedutora de um convite à aventura. Resoluto, comunicou ao parente — pois eu vou lá. Foi mais que alertado a não levar à frente o gesto de ousadia. Há anos ninguém, fora assim informado, se atrevia a chegar nem aos arredores da propriedade do lendário Chico Bento.

Por ser ainda jovem, talvez, ou por dar crédito à sua performance teatral, decidiu, na companhia de um vaqueiro valente e de um burro bom de marcha, subir a encosta da serra no raiar do outro dia. Como não havia estrada, o vaqueiro ia abrindo a mata, seguindo a linha das veredas. O percurso levou mais de duas horas. Antes mesmo de lá chegar, foi escutada uma voz de tom forte e um grito ríspido — se apresente antes de cruzar a cerca. Diga o que veio fazer, e a mando de quem. Foi quando o visitante respondeu sem gaguejar — vim fazer um pedido de família.

O rapaz aproximou-se da casa e avistou o homem mais alto que já havia encontrado. Devia medir muito mais de um metro e oitenta de altura, e ter por volta de sessenta anos de idade. Apresentou-se sem camisa, dando a ver os músculos torneados, o grosso volume de braços e pernas e o revólver exibido na cintura. O visitante, apressando o rumo da prosa, perguntou — o senhor é o Chico Bento? Sem responder, o homem fez a vistoria do forasteiro, olho no olho e a atenção no aprumo das palavras — qual o nome de seu pai? O rapaz, não ainda tendo apeado do lombo do burro, respondeu — não adianta dizer o nome, senhor, meu pai está morto. Chico Bento seguiu o interrogatório, com a mão direita assentada na cartucheira — e o nome do avô? Já perdendo o tal prumo, o rapaz disse — era o Alexandrino. Chico Bento prosseguiu demonstrando súbita curiosidade — mas qual era mesmo o nome de seu pai já morto? O visitante, além de visivelmente trêmulo, foi surpreendido pela volta da superada gaguez, respondendo com a mão no cabresto e a vista no caminho de volta — o nome dele era Osmar. O homem então soltou um longo e agudo assovio, e do entorno da casa foi surgindo um bocado de gente.

Mirando de forma mais próxima os olhos do visitante, disse — desça daí. Chico Bento atravessou o terreiro. Ao alcançar a porta da grande casa, arrodeada de alpendre, chamou a mulher com um sino e ordenou — prepare a mesa com o melhor, chame o resto da família, temos um visitante ilustre. Além do café, havia biju, canjica, tapioca e pamonha à vontade. Lá pelas tantas, o senhor morador da clareira mais alta da Micaela asseverou — todo mundo calado que eu vou contar a história desse rapaz aqui. Na altura, o visitante respirava tranquilo. O desassossego nas mãos, que não paravam de apertar uma à outra, era agora de curiosidade. Que história seria essa?

Chico Bento relatou que ele e parte de seu grupo estiveram presos, muitos anos atrás, na chefatura de Polícia, localizada na Praça dos Voluntários, cidade de Fortaleza. Contou que lá, se não se morria apenas pelo jugo da polícia ou dos inimigos presos, se morria também de fome. Todos os dias o grupo recebia farta refeição, marmiteiros que garantiam almoço e jantar. Seu Chico deitou os olhos no visitante e disse — você não deve lembrar. Todos os dias, rapaz, você ia com uma moça deixar comida pros cabra aqui. Seu pai era que mandava. Tão gaguinho que mal dizia o nome. Agora, diga o que quer, rapaz! Tenho dívidas com seu pai. O visitante, incrédulo com a benfazeja coincidência, revelou o motivo da visita — queria pedir voto para meu primo, seu vizinho, candidato a deputado.

Chico atravessou a porta e defronte à casa bateu mais outra vez o sino, dessa vez convocando a filharada. Ocultadas nas matas, abrigavam-se várias casas construídas com barro batido, camufladas com folhas de palmeiras. Como uma espécie de aparição, em pouco tempo, havia em torno de Chico Bento mais de cinquenta pessoas. Diante dos moradores da Micaela, foi dito com todas as letras — daqui seu parente tirará vinte e cinco votos. O pedido é seu, mas os votos serão dados em atenção a ele. E assim foi: exatamente 25 votos dali apareceram nas urnas para o primo.

O visitante montou o burro e desceu a ramificação lateral da serra, seguindo o mesmo rastro da ida. Trazia de volta a boa nova. Havia penetrado no rincão mais incessável da Micaela: o reduto de Chico Bento.

Anos depois, decidiu subir novamente a serra. Dessa vez, em outro burro, levou a filha na garupa. Mobilizada pela curiosidade da história tantas vezes narrada, a já quase mocinha, como de hábito, levava consigo um caderno no qual costumava anotar o que via e ouvia. Teve quem dissesse que seria loucura a menina se aventurar nas matas. A vontade de lá chegar, já que a serra da Micaela emoldurava o horizonte da fazenda Cachoeirinha, lugar em que costumava passar suas férias, suplantava qualquer ressalva de perigo.

O caderno ganhou páginas e páginas escritas sobre a escalada à Micaela e o lendário encontro com Chico Bento.

Houve batidas de sino, iguarias à mesa e honrarias ao gaguinho que havia salvado o bando da fome. O caderno sumiu na poeira do tempo, como tantas coisas deixadas para trás.

A memória, ágil como folha de papel, inventa o que existe. Conta o que não viu. Micaela permanece nas escarpas de palavras escanchadas no lombo de um burro.

*

*   *

II

Maria Romã

Alguns diziam que ela era doida de pedra, outros que era feiticeira, e uns poucos acreditavam que a mulher apenas sofria do mal da solidão. Maria Romã morava enfiada no mato e bem distante da casa alpendrada, situada no quilômetro 237 da BR-116. A chamada fazenda Cachoeirinha, do renomado celeiro Bena, ficava no lado direito da pista de quem percorria a estrada partindo de Russas para Jaguaribe. Era ladeada por um curral e uma árvore frondosa. Havia apenas outra casa próxima, no lado oposto da rodovia, que era como se não existisse, pois ali moravam os ferrenhos inimigos da família de Bena de Acelino.

Não se sabe como nem quando Maria Romã, descendente de escravizados da fazenda Sossego, iniciou o estranho hábito de, seguidamente, piscar os olhos, franzir a testa e as bochechas, fazer caretas, balançar a cabeça freneticamente e, ao mesmo tempo que encolhia os ombros, desenhava gestos obscenos, desferindo seguidos socos no peito acompanhados de urros indiscerníveis. A mulher vivia em uma casa de taipa, sem viva alma por perto. Para lá chegar era necessário se lançar em uma demorada viagem, enfrentando veredas fechadas. Não havia caminho definido. No lombo de um burro, o visitante por vezes tinha que abrir a trilha com um grosso facão. Existiam alguns sinais para guiar o trajeto. Seguia-se um córrego, até se alcançar o Riacho do Meio, afluente do Jaguaribe. O riacho, de margens amplas, de areia fina como a do mar, era margeado por árvores altas, de copa densa, as oiticicas.

No geral, essa era uma parada obrigatória do percurso até Maria Romã. As árvores enfileiradas, da altura de quase vinte metros, mostravam os sinais do tempo, criando uma espécie de santuário escondido, de muro guardião daquilo que nasce e cresce generosamente. Por terem aparecido de forma espontânea, como habitualmente se repetia entre gerações, era aquele lugar considerado um tipo de templo sagrado em meio à caatinga.

Havia rituais de preces e oferendas ali realizadas, guarnecidas pelas sombras das majestosas oiticicas. Crescidas e multiplicadas nas aluviões do Riacho do Meio, elas costumavam aliviar o martírio das secas no extenso vale do médio Jaguaribe, esticando por mais tempo o curso da água. Romã dizia, entre outras estranhezas, que era devota do riacho, e que ao pé de suas margens havia pedido e alcançado muitas graças.

Esse é o caminho que se fazia até alcançar a casa de Maria Romã. Pouca gente da região chegava àquele lugar, que, a depender do volume das águas, demandava a travessia num pequeno barco e o atalho das correntezas. Assim sendo, as visitas eram rareadas, chegando até mesmo a acontecerem apenas uma vez no ano, no dia em que Maria completava mais um ciclo de vida ao redor do sol.

Por vezes, a mulher sumia e de lá não saía por tempos a fio. Comentava-se, nessas ocasiões, que ela teria batido as botas, ficado doida de pedra, ou virado bicho, já que frequentemente era aludida sua parecença com animais da mata. A única casa que frequentava era a da fazenda Cachoeirinha, e essa visita era marcada no calendário. Primeiramente, pela curiosidade que causava a sua presença, por um tipo de doidice só dela. Depois, porque Maria Romã, na intimidade com o mato, era curandeira e fazedora de certeiras ervas medicinais. A aceitação naquelas terras de um tipo peculiar de desvario, que perturba e ao mesmo tempo cura, era proferida por meio das seguintes palavras — Deus tira, Deus dá um dom para compensar.

E que loucura era essa que juntava gente e que, em alguns momentos, se isolavam as crianças com o zelo de não assistirem ao desmantelo e saírem repetindo o comportamento da mulher? Curiosamente, Maria Romã carregava em torno de si uma aura dos monges, dos eremitas — era branda nos gestos e conscienciosa no uso e no compasso das palavras.

Pedia licença para tudo, até excessivamente, e se desculpava por movimentos mais bruscos. Sua linguagem de poucas palavras era quase um dialeto. Ocasionalmente, os mais velhos, conhecidos de longos anos, atuavam na qualidade de tradutores. Certa feita, após uma reza para uma jovem grávida acometida de muitas dores abdominais, Maria proferiu as seguintes palavras — avia, mulher, corre rumo à cidade, teu parto vai ser ceveriana. Quase ninguém entendeu o que dissera a rezadeira, a não ser a palavra corre. Dona Sinhá, velha sábia moradora da fazenda Cachoeirinha, de pronto esclareceu — ela disse cesariana, chama logo o carro pra levar a mulher até Jaguaribara. Maria Romã não erra. Foi o que também indicou o obstetra como procedimento, tornando ainda mais renomados os feitos da curandeira.

O desatino da criatura *dos mato* pode ser resumido em poucas palavras. Quando calma, Maria Romã se portava tal qual uma mulher fina, mas quando se zangava, ou se assustava, transformava-se numa espécie de máquina veloz lançadora de impropérios. Repetia, repetia, repetia — priquito-priquito-priquito, caralho-caralho-caralho, fio da puta-fio da puta-fio-da puta — sem conseguir parar. Ficava muito tempo imersa nesse mantra de enxovalhos. Até que, assustada com ela mesma, aturdida com os olhares banhados de temor e julgamento, montava no lombo de seu burro e seguia na direção do rio.

Passaram-se décadas até que eu, narradora desta história, por volta de dezesseis anos, retornasse às oiticicas e à Maria. Após um curso de fotografia, realizado com o célebre Maurício Albano, achei de percorrer as centenárias árvores e fazer algumas imagens com o intuito de impressionar o saudoso mestre. Não satisfeita com a visão do santuário, tive a ideia de cutucar um enxame de abelhas que repousava tranquilamente no galho de uma das oiticicas. Imaginei que elas sairiam dali de uma vez e eu faria a fotografia do ano.

Voaram todas sim, em minha direção. Gritava apavorada subindo nos barrancos das margens do riacho, afundando os pés nas ribanceiras, caindo e me levantando, sem conseguir vencer a velocidade dos insetos. Era certo que receberia a vingança, seria picada pelos ferrões, ficaria inchada e irreconhecível, padeceria. Até que Maria Romã surgiu na outra margem. Portava uma peneira grande de palha, e nem me perguntem mais detalhes, entoava um tipo de cântico gutural, posicionando-se em frente ao zigue-zague do enxame. Sem demora, a mulher espantou para longe a revoada de abelhas e, quem sabe, com seu ato, acabou por salvar a vida da fotógrafa amadora.

Após esse tempo, Maria, te digo. Sei que você sofria de algo que tem um nome até estranho, Síndrome de Tourette. Por vezes as palavras nos salvam, por vezes nos deixam ainda mais desertos. Não sei se mudaria dizer que teus ditos que voavam em disparada, os xingamentos, os gestos considerados imorais, a cuspida certeira, aconteciam de forma não escolhida, contrariando tua vontade de atenuar o mal. O galhinho de aroeira que murchava em tuas mãos a cada benzeção, tua predição de destinos, tuas ervas, raízes e beberagens salvaram vidas. A tua, não.

Conduzo a escritura que vela tua presença nas matas. É fácil apagar os esquecidos. Vez em quando, te visito. Lembra que eu sofria de um amor que se foi e mal conseguia mastigar e engolir? Uns diziam que era quebranto, outros afirmavam que com certeza era espinhela caída, você não disse nada. Aproximou-se com um galho de imburana, que ressaltava ser bom para cicatrizar ferida aberta, mirou fundo nos meus olhos e profetizou — pega tento, menina, isso passa como vento. Fique vivinha que é pra mode poder contar essa história.

Vez por outra, sou capturada pela visão do cinturão de oiticicas hoje adormecidas no fundo das águas da represa do Castanhão. De longe espreito a imagem do teu corpo-Romã coberto de terra e água, ao lado do que restou da imersa casa. Só, entre vidas inundadas de dor.

Continuo a incitar enxames. Aprecio ver nomes correrem em todas as direções. Teu desenfreio me acompanha. *Porra-porra-porra-porra.* Há horas em que as palavras se alvoroçam no fremir do tanto a dizer, até pousarem nas margens. Rendem-se às vagarezas da sombra da oiticica, e à entidade submersa no riacho entre meios: Maria.

Ambrosina

Era vitalina. Ambrosina vestia-se variando entre tons de preto e cinza. Ao sair de casa, costumava carregar na bolsa um terço dos Mistérios do Rosário. Se avistava um ente considerado das bandas do cão, a mulher metia a mão na bolsa, agarrava uma conta qualquer e exaltava um *Glória ao pai, livrai-nos do mal, amém.* A moça, que tinha pouco mais de trinta anos, dizia-se viúva. Ao ser indagada como morrera seu marido, ela respondia, com ares de obviedade — sacrificado na cruz.

Diante de uma teima em família que demandasse o uso de um bom argumento, Ambrosina costumava respaldar-se em uma passagem da Bíblia. A depender da natureza do conflito, a citação oscilava entre o Novo e o Velho Testamento. Se a situação exigisse o fortalecimento de algo relacionado a um senso de justiça, misericórdia, ela apelava para as velhas escrituras hebraicas. Se os impasses traduziam situações de injúria, perdição, algo dessa natureza, Ambrosina destacava o sacrifício e os caminhos da salvação desvelados pela fé em Cristo.

Sua passagem preferida, usada no intento de apaziguar desavenças entre parentes, era a dos Salmos 16:24: "as palavras amáveis são um favo de mel: doce na garganta e força para os ossos". E haja força, pensava. Era a única alfabetizada da fazenda Desterro. O resto da família, tal qual costumava dizer, vivia entregue à escuridão.

A casa de tom cinza, construída no cimento batido, era desprovida de janelas, o que forçava os nove membros da família a repartirem o dia a dia no espaço. Afora o trabalho diário na roça, o resto do tempo era passado em casa, já que ninguém na família frequentou a escola, ou qualquer outra atividade que não fosse a lida da terra. Ambrosina aprendeu a ler com Maria Caipora, conhecida rezadeira da região. A intimidade com as letras fazia com que se sentisse incomum, como se somente ela fosse provida da faculdade de alcançar iluminações.

Saber ler é um bem e um mal, costumava pensar. Vez em quando, via aquela gente que se amontoava dentro da pequena casa — pai, mãe e irmãos de sangue — como se todos fossem parte de uma espécie incerta, meio bicho, meio gente. Ao ser acometida por tais pensamentos, fazia o sinal da cruz e pedia perdão a Deus. Costumava pensar que assim como as vacas, que apenas se moviam no pasto ao serem tangidas pelo grito, despertadas pelo açoite do chicote na pelagem, ali era, também, tudinho assim, meio bovino. Já Ambrosina habitava uma espécie de limbo, flutuava entre a áspera paisagem do sertão e a elevada visão do além.

Quando tudo se tornava seco, não só o chão e o barro, como a ausência de qualquer gesto embebido de afeto, Ambrosina invocava o Eclesiástico 43:11,12: "contempla o arco-íris e bendize o seu criador, ele é magnífico em seu esplendor. Forma no céu um círculo de glória, as mãos do Altíssimo o estendem". Ia cavando com as próprias unhas um solo úmido de salvação.

Em uma tarde ainda mais quente que as outras, a mulher viu subir o motorista que vendia bolachas da fábrica Fortaleza. É bom dizer que Ambrosina tinha apenas dois apetites, nomeados na passagem do livro sagrado: "as concupiscências do engano" (Ef 4.22). Ao se confessar, uma vez por mês, na missa do pequeno povoado de Alto Santo, o padre aguardava sua prevista lista de pecados: levar à boca, com lascívia, a recém-lançada bolacha Pepita da fábrica Fortaleza e refastelar-se, cheia de gula, com o guisado de carne de porco feito pela mãe, acompanhado de pirão.

Naquele dia, Zé Almir, o homem da bolacha, abriu as comportas traseiras do caminhão e de lá saiu com os dois pacotes rotineiramente encomendados pela mulher. Além dos dois da lista, havia um outro pecado que Ambrosina não ousava confessar nem para a sua sombra. Frequentemente, a mulher de preto e cinza era acometida por choques elétricos que ascendiam das partes lá de baixo até o peito, causando desenfreamento no coração.

Foi Zé Almir quem contribuiu para a tal sensação apartada de palavras. Tudo se iniciou por meio de um gesto imperceptível. Nas últimas Pepitas entregues, o motorista arriscou um breve roçar de mãos, causando estranheza. Ambrosina quis esconder-se, ir para lugar só dela. A noite trouxe algum lenitivo. Deitou-se e rezou dois terços na peleja de desviar o descaminho do pensamento, e não adiantou.

E se houvesse lá embaixo uma fera alojada, uma espécie causadora do latejo? Ambrosina assegurou-se de que todos na casa já haviam pegado no sono e seguiu. Ao levar os dedos à cavidade protegida a sete chaves, experimentou um estremecimento. Não havia nada lá, a não ser ela mesma. Recolheu rapidamente a mão, e evocou o salmo de Jeremias: "vai e compra um cinto de linho e coloca-o sobre os teus rins, mas não o molharás na água".

Imaginou ser esse um cinto de verdade, pois Ambrosina era acometida da inocência dos que habitam uma bolha particular, um recanto que apenas ela acessava. Havia quem dissesse, por meio de palavras maledicentes, ser ela mongoloide, abestada, normal é que não era. Alguns, mais piedosos, assentavam-lhe o epíteto de estranha. Poucos, bem poucos mesmo, os que diziam ter carinho pela pobre moça, apenas comentavam — Ambrosina é uma criança. A mulher insistiu até convencer a família da necessidade de uso do cinto. Lançou-se na tarefa de confeccioná-lo com fios do algodão e tiras de couro. Imaginou, tal qual ditava o ensinamento de Jeremias, que, para evitar o risco do pecado, deveria também, além do uso do acessório, evitar banhar-se. E assim o fez.

Os moradores da casa passaram a cochichar entre si — agora, Ambrosina ficou doida de pedra mesmo. Os dias foram passando, e o mau cheiro da mulher, do cinto de fibra de algodão e do couro encharcados do suor do sertão impregnavam o ambiente da casa. Tornou-se insuportável estar ao lado dela. Ninguém mais queria deitar-se nas contíguas redes dispostas na sala. Em contraponto, Ambrosina parecia pouco se importar. Quanto mais emanava os odores do corpo, mais ela se agarrava à Bíblia.

Em uma tarde de segunda, Zé Almir posicionou seu caminhão de bolachas ao lado da casa de Ambrosina. Subiu com a firmeza de quem sabe o que entrega e recebe. O homem, que já havia derramado os olhos nos seios fartos da mulher, ensaiou uma gaiatice: além das Pepitas, suas favoritas, trouxe também um saco de Fogosa. Apesar do mau cheiro, das vestes descuidadas e dos cabelos desgrenhados, Ambrosina ainda desenhava gestos de formosura.

Na chegada da noite, ao deitar-se na rede, embebida de odor azedo, Ambrosina recordou o toque suave do homem. Trouxe à mente seu fino bigode emoldurando lábios carnudos e as palavras ditas em sua direção: fogosas. Os punhos da rede firmada entre cordas agitaram-se. Não havia posição cômoda, o uso prolongado do cinto causava pruridos e ardores. Lá embaixo, um líquido espesso recobria a superfície intumescida e quente. De imediato, a mulher entoou um valha-me Deus.

Ambrosina se levantou, acendeu a lamparina, e abriu a Bíblia na última leitura, Jeremias 13:1-1: "Este povo mau, que se recusa a escutar as minhas palavras, que segue a obstinação de seus corações, que corre atrás dos deuses estrangeiros para servi-los e prostrar-se diante deles: ele será como este cinto que não serve para nada". Entendeu as últimas palavras como evocação de um desígnio divino. Retirou o cinto, voltou a deitar-se e conduziu as mãos ao mais escuro de si. Tal qual as fogueiras nas festas de São João, ao serem acesas com lenhas molhadas, Ambrosina experimentou um crepitar de faíscas, seguido de uma espécie de explosão do lúmen do fogo. Depois adormeceu esparramada no colo de Deus.

No outro dia, o alívio deu lugar ao alvoroço. Recordada do que suponha ser um grande pecado, pensou — se a Escritura diz que o cinto não serve pra nada, vou jogar essa peste nos mato. Deduziu: pode ser ele um instrumento do Satanás. Antes disso, passou pela cozinha e comeu uma pratada de guisado de porco com pirão e feijão. Em seguida, dirigiu-se ao açude. Sentia-se suja. Ao penetrar na água, foi tirando cada peça de roupa. Percebeu que, mesmo no sol quente do sertão, a água se conservava fria. Avistada por uma irmã, que lavava roupa acocorada nas pedras, foi alertada com um grito — volta, criatura, vai ter uma congestão. Ambrosina não se importou com o arrazoado e continuou a avançar na água, até mergulhar os cabelos. Tudo que a mulher queria era remover a imundice do cinto que ficara tanto tempo colado como segunda pele. Havia se tornado, como costumava ralhar a irmã mais velha, uma mulher porca.

O silêncio do banho era interrompido apenas pelo insistente berro de uma ovelha parida. A intensidade do sol criava uma camada tão quente que Ambrosina sentiu turvar a visão. Mesmo assim continuou imersa na água, como se fora aquele banho uma espécie de batismo, de purificação. Aos poucos, com a vista visivelmente embaçada, a mulher experimentou uma sensação de formigamento, subindo dos dedos das mãos, tomando braços e pernas.

Em pé, após terminar a primeira etapa de lavagem das roupas, a irmã dispunha de boa visão do açude. Abaixava-se e se levantava, colocando as roupas para quararem, dispondo cada peça à ação quente do sol. Seu ganho de visão permitiu ver Ambrosina contorcendo-se, agitando braços e pernas, envergando o pescoço como se o lançasse para trás. Bebia água, afundava e retornava à superfície, até submergir mais uma vez. No último esforço, Ambrosina emitiu um som estrepitoso, surdo, como se estivesse diante da cara da morte. A irmã, ao perceber que sozinha não daria conta de arrastar a mulher para a margem, bradou por socorro. Em rápidos instantes, dois irmãos que também haviam acabado de almoçar nadaram em braçadas largas e conduziram Ambrosina para a beira do açude.

Já não era ela. As mãos estavam fechadas, os dedos endurecidos voltados para as palmas, os pés haviam mudado a direção da frente para os lados, o rosto crispado parecia uma máscara rota. Conduziram-na entre os braços e a deitaram na rede ainda marcada pelo odor da obediência ao salmo de Jeremias, e do esforço de conversão: "não o molharás na água". Ambrosina lá estando, lá ficou. Imóvel, não emitia uma palavra. Apenas os olhos conseguiam comunicar algo. Por vezes uma aflição, ou fome, ao movimentar as órbitas de um lado para o outro. Em outras situações, estampavam tristeza ou solidão, no curso de lágrimas derramadas.

Minhas idas e vindas à fazenda Cachoeirinha, próxima ao Desterro, eram marcadas pelo dia de visita à prima Ambrosina, que havia comido porco, tomado banho frio, ficando durinha. Não sei bem dizer qual a razão da vontade de estar perto daquela que nem falava, e muito menos respondia a qualquer pergunta por mim proferida. Tomava o assento ao lado da acamada e lia trechos do amor e suas tramas, contidas nas revistas *Capricho*, frequentemente enviadas pela madrinha do Rio de Janeiro. Ela sorria com o olhar. Eu apreciava o exílio de suas palavras. Soube depois que ela, episodicamente, desendurecia por dias, voltando a enrijecer. Até que chegou a hora de esquivar-se de vez e entregar o corpo espantado à dureza.

O efeito do porco permanece como enigma. Um dia, ao ler um trecho do livro *Do amor e outros demônios*, identifiquei em uma personagem de nome Sierva Maria, adolescente de Todos los Ángeles, semelhanças com Ambrosina. García Márquez, o autor do livro, narra que ela, Sierva, "um dia se encabritou. Quebrou tudo quanto encontrou no caminho, pulou pela janela e desfez os caramanchões do pátio, alvoroçou as colmeias e derrubou as cercas dos estábulos e dos currais". A mulher da fazenda Desterro, ao contrário, trancou-se e derrubou o que encontrou por dentro.

Até hoje não sei dizer por qual razão me calei, Ambrosina. Alguma coisa dita poderia ter amolecido palavras armadas de pedra? Creio que cheguei a acreditar nos efeitos do porco. Passei, inclusive, um tempo evitando congestões. Virei o rosto para tuas vertigens e convulsões. Desdenhei os embates de teus braços e pernas entre uivos de horror e fúria. No remexido do teu olhar, ignorei o alerta: nenhum cinto detém o furor do desejo.

O exílio

Não havia o calçadão da praia de Copacabana. A praça Arcoverde, com aquelas luzes que ofuscavam os olhos de Maria, também ficou para trás. Na rua Dom Lino, as brincadeiras eram outras. No cair da noite a cidade ficava deserta. Estórias de almas penadas, de monstros sem nome, de lobisomens que uivavam nas luas cheias, da espreita de lendários pistoleiros que circundavam a escuridez das noites, eram narradas em baixo volume, no intuito de não ativar tais entes perigosos.

Havia ainda o flagelo da fome, dos que a duras penas sobreviveram à lendária seca de 1958, e que pelejavam a mendicância do pão de cada dia. Eram no geral pessoas vestidas com roupas esfarrapadas, portando chapéus de palha e um bornal de pano traspassado no ombro. Seus corpos exibiam peles vincadas, assemelhando-se às terras secas do sertão. Batiam palmas nas portas das casas, dizendo sempre — uma esmola, pelo amor de Deus. Depois rogavam por água e por um bocado de comida. Havia ainda os andarilhos, por vezes chamados de andeiros, que se arrastavam nas estradas sem rumo certo. Falava-se também dos assustadores fantasmas da fome que, ao se recusarem a sair de suas áridas terras, sem aguadas, sem estradas, tornavam-se esquálidos, marcados pelo degredo e pela miséria. Maria havia saído de um mundo cartão-postal para outro planeta povoado de seres que sequer supunha existirem.

Quando o relógio marcava 16h30, havia chegado o momento mais aguardado do dia. As cadeiras eram dispostas na calçada, à sombra dos fícus benjamins, e a radiadora iniciava sua programação musical. Na primeira tarde em que Maria se sentou ao lado da mãe, a voz do locutor de Russas anunciou a chegada da família vinda do Rio de Janeiro, oferecendo uma canção. Com sua voz grave, aclamou — hoje temos "Noite ilustrada", interpretando a música de Paulo Vanzolini, *Volta por cima*. De imediato, os olhos da mãe banharam-se de lágrimas. Deles jorraram o mar salgado da Praia de Zumbi, a água doce de Oxum, o suspenso ritual do candomblé, o silêncio da varrida entidade que recebia, a saudade dos pais, o oco da Lapa, a boemia proibida às moças de boa família. Cantarolava enquanto as lágrimas misturavam-se à saliva: "reconhece a queda e não desanima/levanta, sacode a poeira e dá a volta por cima".

Maria recorda que chorou também, fingindo emoção pela homenagem. Na verdade, imaginava as mãos quentes da chamada vovó da Ilha conduzindo-a ao pequeno playground da Ilha do Governador. Chorava por recordar o mar a molhar seus pés e o gesto gentil das águas ao trazerem para perto a espuma do sal. Recordava as visitas às tias de Olaria e o bolo generoso guardado na cristaleira para ser servido com café. As lembranças foram interrompidas por um chamado. Uma menina magricela de nome Kátia, de olhos grandes e buliçosos, puxou Maria pelo braço e disse, sem esperar a resposta — vamos brincar!

A radiadora já havia iniciado a canção do Trio Ternura, chamada *Filme triste*. Não havia mesmo motivo para festa. Percebendo o interesse da nova moradora, a menina perguntou se Maria sabia jogar as cinco pedrinhas, se onde morava havia essa brincadeira. Kátia tentou resumir o jogo usando a palma da mão, explicando com vagar — enquanto uma pedra é arremessada para cima, você cuida para que a força não seja grande e ela não caia, então você vai apanhando outras do chão e fazendo cinco movimentos diferentes. Se deixar a pedra cair, você perde a vez. Contou para impressionar a recém-chegada que antigamente sua avó jogava com ossinhos de ovelhas, no lugar das pedras. Assentiu no final, como se fora gente grande — aqui a gente se vira com o que tem, Maria.

Ao escutar um trecho de *Filme triste*, Maria perguntou se havia cinema na cidade, e a que filmes Kátia havia assistido. A nova amiga respondeu, como se fosse óbvio — todos os domingos vemos *Marcelino pão e vinho*. A menina do Rio repetiu a pergunta — e que outro filme passa no cinema? Sem entender a razão da insistência da nova amiga, Kátia assegurou — o mesmo de todos os domingos. E com um sorriso de fácil contentamento arrematou — é muito bom, viu! No domingo subsequente, Maria convocou mãe e pai a levarem-na ao cinema. A amiga também iria, como de hábito. A mãe disse, desenhando a expressão descontente dos dias — esse filme é de 1955, essa cidade parou no tempo. Mas vamos. E logo aviso, vais chorar do começo ao fim.

Na película, um garoto de nome Marcelino é encontrado por frades de um convento. A criança, à medida que cresce, vai levando os frades à loucura. Com suas traquinagens e maquinações, inventa histórias banhadas de mistérios e aventuras. Por crescer em meio a muitos pais, Marcelino é assolado pelo incessante desejo de conhecer a mãe. Guarda também muita curiosidade em relação a um mistério escondido no sótão do convento. Certa ocasião, tendo distraído a atenção dos frades, sobe ao lugar proibido e encontra um ser excêntrico, diferente dos já vistos, por permanecer pendurado a uma cruz. Após encontros e conversas com o amigo, o menino realiza um milagre que comove a pequena vila em que é situado o convento.

Maria chorou pelo menino sem mãe, por não ter o mesmo amigo para brincar, chorou pelo milagre, chorou por não entender a dor. A mãe chorou também, aproveitando-se da atmosfera triste e das luzes apagadas no cinema. Na semana seguinte, a radiadora tocou uma canção que pareceu aliviar o tanto de lágrimas que ela e a mãe já haviam derramado com a mudança para o Vale. Um cantor, de nome Roberto Carlos, soltou um refrão que parecia gritar pela boca de Maria: "e que tudo mais vá pro inferno".

O locutor dizia, entusiasmado, que ali começava um movimento musical no Brasil de nome Jovem Guarda. Maria logo aprendeu a cantarolar, repetindo várias vezes, nos bonançosos dias da casa sem janelas nos quartos e sem jardim à frente: "Onde quer que eu ande, tudo é tão triste/ Não me interessa o que de mais existe".

Havia um termo, uma vez proferido pelo seu pai, que ressoou, enfeitando a imaginação. Existencialismo. A menina curiosa inquietou-se, querendo entender o significado do diferente nome. Deduziu que devia ser parecido com o aperto que costumava sentir no peito, com a aridez do sertão arrodeado pela caatinga, com o olhar dos retirantes, com a repetição do abandono retratado no filme dominical, com o tom das canções diárias da radiadora que repercutiam sem piedade nos corações machucados. A pacata cidade, o febril e lerdo dia a dia, ao invés de apaziguarem a alma, promoviam tempestades.

Certa tarde, Kátia entrou em disparada na casa de Maria. Trazia uma notícia — não podemos sentar na calçada, as árvores estão apinhadas de lacerdinhas. A mãe, que já costumava queixar-se todas as tardes do bichinho que invadia seus olhos, causando ardor, conformou-se e ligou o rádio da sala. Maria não se resignou. Olhou a calçada, viu que sua casa era praticamente a mesma do vizinho, seguindo a fachada. Mirou de dentro três janelas seguindo a porta, formando um mesmo desenho, que, segundo o pai, criavam um belo quadro geminado. Bonito o nome, pensou Maria. E distraiu-se brincando com as bonecas. Pouco importavam as lacerdinhas lá fora, perfurando as folhas das árvores.

Em cada lugar há um repassador de notícias. Na pequena cidade de Russas não era diferente. Uma mulher de nome Ivonete desempenhava bem essa função. Sabia histórias de chifre, de traição de políticos, dos que deviam e não pagavam, do homem que se afeminou, dos que, embora abastados, não abriam a mão para nada. Nem os insetos escapavam da língua ferina da moça. Ivonete espalhou rapidamente o que havia escutado no noticiário da rádio Difusora — com as lacerdinhas não se brinca, no Rio de Janeiro, assim como em Fortaleza, houve uma explosão dos insetos. Em uma avenida de nossa capital, a Duque de Caxias, dizia a mulher das notícias, cortaram todas as árvores para evitar a multiplicação da praga. Com um tom irônico findava o falatório — aqui no Vale não se corta nem a praga dos matadores de gente, quanto mais das lacerdinhas.

Naquele mesmo dia, a primeira página do jornal *Correio de Russas* estampava a manchete: lacerdinhas infernizam a vida dos moradores. O texto da matéria referia-se ao governador do estado da Guanabara, Carlos Lacerda, ferrenho opositor do ex-presidente Getúlio Vargas, traçando uma correlação do personagem político com o irritante inseto. As lacerdinhas ganharam fama e poder. Os bichinhos afastaram, por um tempo, as cadeiras no fim das tardes de Russas e a correria da criançada nas calçadas.

Os dias se encolhiam para dentro. Não havia quase nada a fazer. Maria passou a sentir um aperto no estômago como se fora sintoma de doença, sem ser. Remexia indiferente a caixa de brinquedos, lia livrinhos que recebera de presente da avó da Ilha, costurava roupinhas para as bonecas, e as horas não se mexiam do relógio.

Em uma tarde igual a todas as outras, sem nenhum motivo específico, ainda mais triste, Maria decidiu sentar-se ao lado da mãe. Havia entre os dedos longos da mulher um lenço bordado em ponto-cruz. Em letras cursivas de linha azul estava escrito Iemanjá. Maria até quis perguntar quem era a dona do nome, mas apenas se manteve em silêncio.

A radiadora, na voz de Altemar Dutra, tocava *O trovador*. A mãe repetia a letra da canção. Rompia o cerco da ausência. As palavras atropeladas no curso de lágrimas disfarçadas, embebidas no lencinho, deixavam escapar fragmentos de voz — "pelas ruas do Rio eu passava a cantar novas trovas. Em provas de amor ao luar". No mesmo tom da melodia, pisando delicada, Maria arriscou um verso: nem saberia te dizer onde estamos, nesse lugar em que nos perdemos. Mãe e filha deram-se as mãos. Pouco importava a calçada. Se lá fora era Rio, Vale ou deserto. A canção era a mesma. O exílio, não.

Datemi un martello

Lindinha veio junto com a mudança do Rio de Janeiro para a cidade de Russas. Próximo ao seu aniversário de quatro anos, a avó-madrinha de nome Argentina prometeu à neta que ela poderia escolher seu presente. A circunstância especial do direito de escolha lhe foi dada por estar vivendo a temporada da despedida, já que iria, em poucos dias, definitivamente para o Ceará. Maria ainda não sabia o que significava ir para longe, ser partida, arrancada de um lugar, que era ela também.

Seguiu contente até a parada do ônibus, já imaginando o objeto de sua escolha ao chegar à loja que ofertava uma grande quantidade de brinquedos, a Mesbla. Avó e neta desceram na Praça XV, no centro do Rio de Janeiro. Caminhando em direção ao estabelecimento, bem mais à frente, as duas avistaram o relógio da Central do Brasil. Ele marcava 14h30. Por meio de imagens embaçadas na memória, Maria recorda que as ruas da cidade, nesse longínquo mês de maio, início dos anos sessenta, estavam cobertas das folhas amareladas de outono.

Chegando à rua do Passeio, dirigiram-se ao segundo pavimento da loja, onde ficava o departamento infantil, sortido de uma variedade de roupas e brinquedos. Maria não tinha dúvidas de que escolheria uma boneca. Na época a Amiguinha da Estrela, com o mesmo tamanho de uma menina de quatro anos, era a mais cobiçada pelas meninas, embora de preço mais elevado. A avó chegou a ponderar — você quer a Amiguinha? A boneca que não cabia em prateleiras ocupava o chão da loja, como se fora uma menina visitante.

Logo atrás de uma das Amiguinhas, havia outra de tamanho bem menor, medindo em torno de trinta centímetros, lançada na época pela Estrela, de nome Lindinha. De cabelo louro curtinho, sobrancelhas finas, lábios rosados, bochechas de tom corado, olhos bem abertos esverdeados, trazendo na face um ar de sorriso. A boneca conquistou Maria. Trajava, ao invés de um vestido tal qual a Amiguinha, uma calça comprida um pouco frouxa, blusa xadrez e sandálias que mostravam os dedos.

A avó imaginou que seria bem mais fácil o transporte de Lindinha para o Ceará, já que a Amiguinha ocuparia a condição de outra passageira no voo da Varig. O presente veio acompanhado de recomendação — cuide bem, ela agora é sua filha. Não imaginava a avó-madrinha que ali estaria selando um destino, o da maternidade precoce, do peso da responsabilidade pela vida de outro.

A menina não conseguira naquele momento dizer para a avó que, embora vivendo ao lado da mãe, era quase sempre visitada pela sensação de orfandade, de não se sentir filha, de ser ela mesma sua mãe. Como iria conseguir cuidar de Lindinha? A boneca trazia também a marca da dádiva da avó, de sua querença assumida pela neta, sendo mais trajada de significado. O pai, a mãe, Maria, o irmão Paulo e Lindinha desceram do avião em Fortaleza, em meados de 1963, e logo seguiram para a cidade do Vale do Jaguaribe.

No momento em que a radiadora anunciou o nome dos familiares desembarcados do Rio, não mencionou o de Lindinha. Maria não havia ainda conseguido explicar à amiga Kátia, recém-autoapresentada, nem a ninguém, que Lindinha era mais que uma boneca. Não havia narrado como se deu a escolha dela dentre tantas outras. Ignorou a nova amiga que a boneca de Maria tinha vida. Nela estava o Rio, a avó, e a materialização do até então desconhecido sentimento de maternidade. A filha de Kátia, cujo nome era Beijoca, logo se tornou amiga de Lindinha.

Nas tardes mais animadas, a radiadora costumava tocar *Datemi un martello* na voz de Rita Pavone. Logo surgiram os comentários de que a menina do Rio não era igual às pacatas crianças da cidade. Dizia-se, em tom de fofoca, ser a menina apresentada e espilicute. Como a palavra não era falada no Rio, o pai trouxe a explicação do termo — surgiu no Ceará, minha filha, devido à presença de ingleses da base área de Fortaleza. Ao considerarem uma moça bonita, atraente, diziam "*She is pretty cute*", tomando a forma da linguagem local. A menina do Rio considerou muito apropriado o nome dado a ela.

Quando escutava *Datemi un martello*, a menina tentava replicar fielmente a dança da italiana. Seguindo gestos e trejeitos da cantora, cotidianamente, Maria ensaiava sua apresentação na calçada, imaginando seguir a coreografia de Pavone: balançava freneticamente os braços de um lado para o outro, tendo em uma das mãos um pequeno martelo. Sua saia e blusa sem adornos nem cores vivas, o corte de cabelos bem curtos de Maria, mostrando a nuca, causavam estranheza aos vizinhos e passantes da rua Dom Lino. Um deles, o dentista da cidade, trouxe certa feita um jornal da capital, cuja página de entretenimento estampava em caixa alta — Rita Pavone é fenômeno andrógino vindo da Itália. A primeira providência do dentista foi a de passar no Banco do Brasil e deitar o jornal na mesa do funcionário. Esforço jogado fora. O pai da menina considerava esse assunto totalmente irrelevante, diante da fome e da falta de insumos para os agricultores da região, somadas aos problemas causados pelos primos valentes do Vale. Ficava delegado à mãe de Maria como cada um se vestia, se portava, falava, dançava e se exibia.

A música de Pavone continuava espantando a repetição dos dias. Maria havia até pedido para a freira da escola, que diziam ser de origem italiana, que traduzisse a letra da canção de Pavone. Curiosamente, a feira cantarolou na versão portuguesa — me dê um martelo, o que você vai fazer com ele? quero dar na cabeça de quem não gosto. Lá na frente a própria freira ficou a repetir o refrão — que raiva me dá, que raiva me dá.

Maria retornou a casa calada e pensativa. Frequentemente eram aludidos, ao se referirem a menina, traços de bondade, de ingenuidade, acompanhados do seguinte comentário: tão calminha, nem parece ter o sangue dos Diógenes. Naquele dia, o refrão ficou martelando na cabeça da menina — que raiva me dá, que raiva me dá. Até que um entrevero envolvendo Maria-Lindinha versus Kátia-Beijoca embaralhou o curso óbvio das horas.

Era uma tarde de domingo. A menina do Rio penteou os rebeldes fios louros de Lindinha, vestiu a boneca com a roupa que ela mesma havia costurado na agulha e linha, revestiu seus pés com sandálias de pedaços de couro recortados de uma antiga sela e dirigiu-se à calçada. Estava linda, pensou. E logo identificou Kátia com Beijoca ao colo. Ao encontrarem outras crianças, decidiram em sua maioria brincar de roda, repetindo a mesma canção — "eu fui à Espanha, buscar o meu chapéu, azul e branco da cor daquele céu...". Lindinha havia ficado sentada no peitoril de uma janela, ao lado de Beijoca. Enquanto Kátia rodava entre mãos, soltou sem pensar desastradas palavras — essa Lindinha parece uma assombração.

O dito da amiga causou rebuliço. Veio à mente de Maria a recomendação da avó — ela agora é sua filha —, a dor das tantas separações e o enfado de ser a menina boazinha. Afastando-se da roda, Maria olhou Kátia de frente. Portando um invisível martelo entre as mãos, pronunciou em elevado tom de voz — que raiva, que raiva me dá! Em seguida, derrubou a amiga com um só golpe de braços, mostrando para toda a calçada que com a filha dela não se mexia. No gesto final, agarrou os cabelos e saiu arrastando a amiga que, sem nada entender, esperneou e gritou por socorro.

Incrédulos, os frequentadores da calçada miravam a cena. A mãe de Maria, aturdida com o ato da filha até então destacada por sua docilidade, esquivou-se, não conseguindo esboçar nenhum gesto de tentativa de contenção da desmesura. Imóvel, permaneceu na cadeira. O dentista, que passava na calçada, conseguiu segurar a menina e, a duras penas, livrar o ralo cabelo de Kátia.

Nas mãos de Maria havia fios e fios. Lindinha, tranquila na janela, esboçava um sorriso de orgulho no canto da boca. O ato celebrou um novo batismo. Até então exaltada pelo sobrenome Dos Santos, Maria era identificada como a mais delicada e educada menina do lugar. Dali por diante, referida como Maria Diógenes, a carioca, concentrou outros olhares sobre si. Lindinha também ganhou moral, podia vestir o que quisesse, surgir com os cabelos desgrenhados na calçada, estava resguardada. Fosse como fosse, era recebida com frequentes elogios das outras meninas e de suas filhas silenciadas.

Curiosamente, naquela emblemática tarde, a radiadora tocou um bolero na voz de Nelson Gonçalves, *Fica comigo essa noite*. Maria, temendo um castigo ou boas palmadas, buscou o olhar da mãe. E sentiu culpa e dó. No rosto da mulher havia incontroláveis lágrimas. Não se sabe se de horror, diante do feito da menina, ou apenas de desalento. Baixinho, cantarolava um trecho da canção: "quero em teus braços, querida, adormecer e sonhar. Esquecer que nos deixamos. Sem nos querermos deixar". Maria também derramou lágrimas, mas de alívio. Livrara-se de um peso. Comemorava a partida da Dos Santos, entornada sem piedade no chão da calçada.

Maria se perde

Impossível dizer em que momento ela decidiu se esquivar. O verbo transitivo direto permanecerá sem objeto. Uma coisa é certa: não era de uma só coisa, nem de uma só gente que Maria pretendia escapar. Há um dito popular que poderia dar base a bons teoremas — uma coisa puxa a outra. Estava tudo aparentemente correndo bem quando nasceu o segundo irmão. Arroz-doce, por vezes chamado de Paulo-seis-bananas, ficaria no canto, perdendo o posto de caçula. Maria se tornaria ainda mais mãe. Além de Lindinha, teria pela frente os cuidados com mais um. Seboso havia sido doado por uma família cuja filha já estava crescida e alheia às bonecas. Estampava na ponta dos dedos um sujo encruado, manchas marrons e tinha a ponta do nariz descascada e informe. A menina costumava repetir para quem ousasse contorcer o nariz diante da visão do boneco — é amado do mesmo jeito.

Ao vir o caçula ao mundo, Russas já era uma cidade apertada para a família. A radiadora provocava mais choro que riso na ida diária da mãe às calçadas. O samba desertou da ponta dos pés, a ginga foi recolhida para a mala que ainda carregava o adesivo da Varig. Na pequena cidade, se uma mulher passava em frente a uma barbearia, jamais, uso nada exagerado do advérbio de negação, jamais mesmo deveria lançar o olhar para o interior do estabelecimento. A carioca, com sua habitual calça cigarrete, olhos e unhas bem pintadas, batom carmim, que não frequentava missas e novenas, levantava suspeitas das carolas e esposas dedicadas. Após o intenso falatório gerado pela rápida mirada à barbearia, as línguas afiadas talharam um consenso — bem que se via que não era mulher direita. No mundo da fofoca, qualquer classificação traz alívio. Pronto, estava dito.

Ela não era a única deslocada. O pai já havia percebido que o Banco era chão minado, com artifícios de captura por todos os lados. Se o rapaz concedesse um benefício de empréstimo a uma pessoa da família, outros parentes, não contemplados, fechavam a cara e ficavam intrigados. Alguns poucos anos foram suficientes para o homem plantar e colher desafetos. Tudo ali comprimia.

Os quartos da casa eram separados por paredes e portas, facilitando o trânsito direto entre os cômodos. A arquitetura da época ignorava o requisito moderno da privacidade. Chegada a hora da programação da radiadora local, emudecida a voz do locutor, o silêncio tornava audível contumazes discussões e desavenças do casal, dando coro ao choro incontido da mãe e à voz engasgada do pai.

O irmão, Lindinha e Seboso costumavam dormir cedo, houvesse ou não falatório no quarto vizinho. Maria não. Ao tentar aguçar a escuta, o digladio das vozes, tensionava o corpo, movendo sequer um dedo por sob o lençol. Caso tivesse traquejo de linguagem, a menina certamente diria —

essa casa é um barril de pólvora. Qualquer passo em falso, derrubada de louça, um eu não quero comer, a tarefa por fazer, um choro mais demorado era estopim para explosões de raiva, palmadas e castigos.

O recém-nascido veio completar a instável paisagem. Nasceu *sem saúde*, diziam os comentários das visitas. Outros sentenciavam — tá sempre entre a vida e a morte. O bebê, que não conseguia digerir qualquer tipo de leite, somado ao intenso calor do Vale do Jaguaribe, desidratava-se a olhos nus. No quarto ao lado, seguidas vezes se escutava a mãe erguer a criança do berço clamando a todos os santos — não deixem meu filho ir embora, ele está revirando os olhos. A criança era *carne e osso*, a cara marcada por olhos grandes e arregalados compunha a face ossuda.

Lá fora, nos finais de tarde, a radiadora abrandava o drama. Houve um dia em que o irmão se salvou, segundo a mãe, por mais de dez balançadas dadas no menino erguido acima de seus braços. Paralelo à cena, o locutor anunciava o lançamento de uma canção que, segundo ele, iria abalar corações — entreguem-se à voz do grande Jonh Foster, com o sucesso da canção italiana *Amore scusami*. As novidades careciam de tradução. À cada nova canção de língua estranha, a menina corria à escola em busca da freira versada em línguas estrangeiras. A irmã de caridade, de nome Francesca, ao ler naquele dia a letra da canção italiana, disse logo, fechando qualquer brecha de insistência — essa eu não traduzo de jeito nenhum, deixa você crescer.

O mistério é chave que agita. Sem saber do que falava a canção, que a voz do locutor passou a *soltar* todos os dias, a menina podia imaginar o que bem quisesse. Na parte em que dizia "*sembrava quasi un avventura, um'avventura in riva al mar*", ela se via em um barquinho a flutuar na baía da Guanabara, embalada pelo vento: "e ter tempo pra sonhar, da janela vejo o Corcovado...". O idílio das canções era interrompido pelo constante vai-e-vem do vive-e-morre do pequeno irmão. A família já estava quase preparada para a despedida do caçula quando se soube da chegada de uma salvadora, a jumenta cujo nome era Catarina. Depois de muita discussão, fora decidido que dali por diante o bebê se alimentaria do leite do animal.

O bebê não apenas aceitou o novo alimento, como foi ficando robusto. Já Maria tinha a sensação de que, quanto mais crescia, mais encolhia. O susto dos dias da quase-morte do irmão, as discussões dos pais nas madrugadas, a falta da avó da Ilha, a sede do mar e das águas do Rio faziam minguar, aos poucos, alguma coisa por dentro. Maria passou nessa época a manter o hábito de se esconder atrás das portas. Ao escutar o grito da mãe — é agora, ele vai morrer —, a menina costumava correr até a porta mais distante e se manter ausente. Passou a criar também o artificio de subir em árvores e lá permanecer horas a fio.

Outra estratégia era a de alcançar os arredores da cidade e se sentar em troncos recém-derrubados, para a construção de cercas ou para uso em fogões de lenha, com o intuito de apenas manter-se quieta. Por muito tempo tais atitudes passaram despercebidas. Certo dia, a mãe se deu conta dos sumiços constantes da menina. Decidiu, diante do tanto que exigia o dia a dia, deixar para lá. Apenas comentou — Maria se perde que é para a gente ver, que é para a gente enxergar onde ela está. Ninguém calculou o tanto de susto e alvoroço que ainda viria pela frente.

Após uma malfadada apresentação da menina no auditório do Colégio de Freiras do Patronato Coração Imaculado de Maria, recebida sem nenhuma salva de palmas, ela se dirigiu à maior porta que já vira, a do refeitório. Lá se escondeu até o cair da noite, e o colégio fechar as portas. Só após a radiadora encerrar sua programação diária, e as cadeiras serem movidas para dentro das casas, é que a família deu conta do sumiço da menina. O corre-corre foi grande na pequena cidade. Foram acionados o corpo de bombeiros, a polícia, os vizinhos, na busca da desaparecida. Uns arriscavam dizer que havia sido levada por primos insatisfeitos por não terem sido atendidos por seu pai no banco, outros apostavam que fora raptada por homens que costumavam roubar meninas e as conduzirem para prostíbulos distantes, houve também os que dissessem, eivados de certeza, que ela havia se afogado no lago próximo ao Patronato.

Não se sabe como a tal menina conseguiu, mesmo no duro chão, apenas despertar quando uma freira abriu o tal refeitório às quatro e meia da madrugada para a preparação do café matinal. Foi uma festa para a cidade. Já na casa, Maria sofreu retaliações e restrições de passeios e brincadeiras, antecipando o título adaptado de um futuro filme — toda liberdade será castigada.

Após esse episódio, ela fora proibida de sumir. Nada de ficar atrás das portas. Talvez tenha sido esse o mais drástico castigo. A inspiração de subir no frondoso pé de tamarindo situado no percurso de ida e volta do Patronato provavelmente aconteceu pela falta das portas. A vontade de Maria de isolar-se, de ter momentos em que apenas ela poderia pronunciar seu nome, mais que uma astúcia infantil, era uma necessidade, tal qual comer e dormir. Após uma discussão acalorada, em que mãe ameaçou deixar todo mundo e voltar sozinha para o Rio, Maria sentiu-se desarvorada. Até parece um trocadilho grosseiro, mas o fato reveste-se da mais genuína verdade.

O pé de tamarindo, após a proibição das portas, passou a provocar irrefreável atração. O cheiro da polpa agridoce da fruta, que ao ser ingerida escorria pela barriga, demandando por vezes que a mãe esfregasse limão, seguido de farinha de fubá para remover restos da fruta que teimavam em deixar manchas, exalava em todas as horas do dia. Havia uma intimidade da menina com aquele cheiro, com aquela árvore que passou a fazer parte do vazio das horas. Um belo dia, não houve escapatória. Na volta da escola, demorou-se à sombra da tamarindo até ser mobilizada pelo ímpeto da subida. Nem pensou. Colocou a bolsa da escola sobre o ombro e iniciou a jornada, galho a galho, até alcançar a copa da árvore. Lá em cima, pôde retirar-se. Esqueceu-se da saudade contida, do mar, da avó, da vontade de se sentir amada, e por lá ficou. Haveria forma melhor de viver? pensou.

Viu que o sol esfriava e que a tarde caía. Recordou-se do dia em que sumira no refeitório e de tudo que lhe foi tirado como castigo. Precisava voltar. Rapidamente deduziu, em um lance de lucidez, que de forma alguma saberia descer daquela árvore. Como era afeita a pensar, Maria se pôs a refletir que diferença havia entre o ato de subir e descer. Isso levou algum tempo até ela se dar conta de que estava mesmo impedida de voltar. O sol deslizava rumo ao horizonte, e a menina chegou a imaginar, vendo que ninguém escutava seus gritos de socorro lá de cima da árvore, que iria morrer como um passarinho sem asas. Até que um homem, no intento de colher tamarindo para um suco, deparou-se com a visão inusitada da menina de farda postada no alto da árvore. A boa alma prontamente subiu e conduziu-a de volta.

Nessa altura, já havia outro grupo de busca da menina, novamente, desaparecida. A mãe, que ameaçara deixar a família, chorava em rasgos de culpa. O irmão, que na volta da escola deixou a irmã ao longo do caminho, fechou-se sem pronunciar a mínima palavra. O pai demorou a saber do acontecido. Estava com correligionários combinando estratégias para o próximo prélio eleitoral. Isso atenuou parte das punições que receberia a menina.

Maria percebeu, ao longo da vida, que esconder-se é ato que insiste. Ao invés de árvores e portas, o jogo sem regras passou a exigir artimanhas, o uso de outras matérias. Como a destreza do manuseio de mapas de vontades e cancelas de medo. Um modo de precaução tem se revelado eficaz, lembrar-se de não se esconder. Seguir o risco de alcançar a copa de lembranças esquecidas, abrigadas no mais alto galho das árvores. A "*un'avventura in riva al mar*" de encharcar-se de palavras que contam o que velam.

O cravo e a rosa

Ela era a exibida, falava pelos cotovelos. Ele o tímido, o sem palavras. Enquanto Maria chorava por tudo, o irmão apenas ria e ensaiava gracinhas. O locutor vez por outra oferecia uma canção para o simpático garoto da rua Dom Lino. A dupla aguardava, todas as tardes, a hora em que a porta da casa se abriria e as cadeiras seriam conduzidas até a calçada. Era o que havia para fazer na pequena cidade encravada no sertão. A voz, o ritmo das canções, faziam da radiadora uma espécie de tela invisível. Farto material para a imaginação.

Houve um dia em que foi suspensa a música. O locutor, em tom solene, anunciou a morte de um antigo comerciante local, *querido por todos*. O Zé Manoel da mercearia, como costumava ser chamado, morava na esquina do mesmo quarteirão. O homem costumava sentar-se na calçada, portando o fumo de rolo e o pacote de papel de seda. As crianças apreciavam o ritual em que Seu Zé cortava o fumo, desfiava-o até deixá-lo em picadinhos, finalizando com o gesto de depositar o resíduo no papel de seda, enrolando-o até ele tomar a forma de um cigarro.

Além de nunca terem visto um morto, Maria e seu irmão não estariam naquela ocasião diante de qualquer um. No dia anterior, o homem, que havido morrido de repente, estava na calçada, como de costume. Já no outro, os pés do defunto no caixão de madeira eram facilmente visualizados por quem ali passava. Maria pensou, quem vê pé de morto pode ver o resto. Assustada já estava. Frequentemente ouvia falar de assombrações, aparição de fantasmas, almas penadas que atormentavam o sono dos vivos. O irmão, todas as noites, pulava para a cama de Maria. A menina amanhecia apertada, além de seus bonecos Seboso e Lindinha, Paulo se esgueirava na ponta, compondo o quadro dos filhos de Maria.

O velório do tal vizinho parecia concorrido. Havia fila na calçada. O senhor, já velhinho, costumava encher as mãos dos passantes com bombons de hortelã, o pipper. Dizia que era *pra mode puxar boa prosa*. Por vezes, presenteava a criançada com espigas de milho-verde assadas na brasa. Zé Manoel era um homem cordial. A dupla de irmãos sentiu-se assim na obrigação de dar adeus ao bom vizinho, muito embora a mãe, prevendo a trabalheira da madrugada, tenha dito com todas as palavras — não cheguem nem perto da casa do morto, isso não é coisa pra criança. E havia outra ressalva, lembrem-se de que amanhã é a apresentação na festa de encerramento do ano no Patronato, precisam estar concentrados.

Da calçada, se podia ver que a fila do velório era formada por adultos e crianças. Na pequena cidade, a morte era um acontecimento tão atrativo quanto as festas de batismo e de aniversário. Maria viu a vizinha do lado passar defronte à sua casa, com um véu preto na cabeça, terço entre as mãos, dizendo — eu vou, não se morre todos os dias. Era esse o argumento que faltava para que as duas crianças, além da visão dos pés, decidissem tomar assento na fila do adeus ao bem-quisto comerciante. Aproveitariam a ida da mãe para o salão de beleza, entrariam e sairiam, rapidinho. Ela disse — vamos, Paulo. Ele respondeu, com o nome que deu à irmã, desde as primeiras palavras — vamos, Dolha.

Não havia mais o que pensar. Fizeram o par, como se os dois, de tão apertados, colados um no outro, fossem apenas um. Finalmente, entraram e prostaram-se ao lado do caixão do velho amigo. Pela primeira vez viram a face pálida da morte. Maria recorda que a sala estava impregnada com o odor de cravos murchos, misturando-se ao cheiro invasivo do corpo em decomposição. Paulo foi ficando quieto e pálido, até desmaiar aos pés de uma carpideira que viera do sertão prestigiar o morto. Abanado, com um chumaço de algodão embebido de álcool portado na entrada das narinas, o menino recobrou os sentidos.

A rápida estadia naquela pequena sala de visitas, comprimida pela morte, arrodeada de olhares curiosos, marcou os poucos anos daqueles irmãos. Saíram da casa do defunto como se tivessem deixado ali algo de si. A mãe, chegando, soube da dupla desobediência e sentenciou — hoje não tem calçada. Nem precisava do castigo, pensou Maria, o olhar dos dois atestava que haviam perdido algo precioso, que parte da criança que eram pairava no vazio.

Assentados de joelho no chão da sala, teriam que não apenas pedir perdão pela indisciplina, como iniciar o ensaio da cantiga que seria dramatizada no dia posterior à cena.

A menina iniciaria o primeiro verso, e o menino recitaria o subsequente, completando as quatro estrofes da canção. Mesmo sob a ameaça de continuidade do castigo, o menino, num jorro de lágrimas, se engasgava, mordia a língua e dizia não poder continuar. Sem saber o que fazer diante do drama, a mãe resolveu — por hoje basta. Comam um pedaço de pão com ovo, tomem banho. Vão para a cama mais cedo.

A radiadora tinha o poder de pressentir emoções à flor da pele. O novo sucesso de Roberto Carlos acabara de ser anunciado na voz do locutor: *de um alguém para outro alguém*. Maria queria ter podido escrever o impacto causado pela canção escutada bem no dia em que vira pela primeira vez a cara da morte. A voz de Roberto atingiu uma espécie de bolo estacionado no peito de Maria, que inchava, sem ter para onde ir. "Esqueça se ele não te ama, esqueça se ele não te quer. Não chore mais, não sofra assim, porque posso te dar amor sem fim." Havia na música uma anunciação de futuro. Maria se sentiu balançar entre a criança que sempre fora e uma mulher que sequer antevia. Cada verso de Roberto era uma variação sonora de achados e perdidos. O sono chegou diferente, havia agora o medo, a porta aberta para a entrada do que não se vê.

Os irmãos foram despertados cedo, após a noite entrecortada de sustos e pequenos pesadelos. O rosto cadavérico do Senhor Zé Manoel estampou-se no avesso das retinas de Maria, tal qual os decalques que a menina costumava, com o auxílio da água, pregar nas folhas de papel almaço. Paulo acordou queixando-se de que havia na casa um cheiro estranho, de cravos murchos, criando no ambiente o fedor da morte. Mas não havia tempo para caprichos de crianças, como enfatizou a mãe. O vestido de Maria, talhado em uma lese azul, com acabamento em bordados e fitas, já havia sido engomado no grude. A bermuda cinza de suspensórios do menino, a blusa de linho branco e a gravatinha estilo borboleta aguardavam no cabide a hora da festa. Em pouco tempo, a dupla de irmãos estaria devidamente paramentada.

O auditório do Patronato fora decorado com balões de todos os matizes e folhas de cartolina confeccionadas pelos alunos, compondo variadas mensagens de final de ano: "gratidão por mais um novo ano", "a gratidão é o único tesouro dos humildes", "sou muito grato por hoje, que me fará amanhã melhor que ontem", "bem-vindos, papai e mamãe". Havia também flores adornando o ambiente; uma delas, os cravos amarelos colhidos no jardim da escola, criava uma espécie de moldura no palco.

Enquanto Maria se queixava do nervosismo, e insistia que não conseguiria se apresentar, o irmão permanecia mudo. O rosto pálido de Paulo, sem uma gota de sangue, criava uma aparência estática, de quem havia petrificado as feições. A freira, mestre de cerimônias, anunciou com alegria a dupla de irmãos, destacando o número musical "O cravo brigou com a rosa". Havia um microfone, rebaixado até alcançar o tamanho do mais baixo da dupla. A menina fora orientada a mover os joelhos até atingir a altura do microfone, sendo ela a porta-voz dos primeiros versos — o cravo brigou com a rosa, debaixo de uma sacada, o cravo saiu ferido e a rosa despedaçada. O irmão entraria apenas no segundo.

O cheiro dos cravos murchos invadia as narinas do menino, que, na época, devia ter no máximo uns cinco anos. A plateia, multiplicada por inumeráveis rostos curiosos, diante dos olhos do cantante, parecia reproduzir a face do vizinho que se fora, conforme sussurrou o irmão à menina — tô vendo o morto em todo canto. A cara da morte não se apaga. A boca da criança permanecia travada, como se nela houvesse um ferrolho vedando a passagem. Findada a apresentação da primeira estrofe, o silêncio fez eco no palco e na plateia. Maria, com jeito, cutucou o irmão assoprando os versos seguintes ao seu ouvido. E nada. A mãe, sentada na primeira fila do auditório, fazia sinais de incentivo, estimulando o pequeno artista. E nada. Deduziu o aterrorizado menino que a mãe também exibia a face hirta e macabra do Senhor Zé Manoel.

O tempo se dilatava no palco, até que o menino de botas, por ser considerado pelos pais na condição de cambota, decidiu resolver a situação. Com um só chute arremessou o microfone para o chão da plateia e retirou-se. Na tentativa de contornar a situação, a menina seguiu os outros versos, tendo as mãos portadas num gesto de boniteza, a puxar as pontas do vestido.

Maria caminhou lentamente, cantando e se movimentando no intento de sustentar a atenção do conjunto de espectadores. Nem percebeu que havia chegado próximo ao limite do fim do tablado. Ignorou a borda de qualquer coisa que pudesse suspender o súbito gesto de soltura. Antevendo que a filha poderia despencar, avexada com o descompasso da apresentação dos dois, a mãe gritou — menina, para aí! — bem na altura da estrofe: "o cravo teve um desmaio e a rosa pôs-se a chorar".

Caso se tratasse da filmagem de uma película, o diretor certamente diria — corta! O pequeno ator, o cravo, parecia ter relevado o acontecido. Logo após a apresentação, brincava em correria com seus colegas no pátio da escola. A Rosa manteve os olhos voltados para a cena. Alheia às comemorações, risos e comentários do espetáculo ao contrário, a contracenante seguia os *flashs* do corte. Ao mesmo tempo prescrutava a face da morte, como se fossem as duas coisas feitas da mesma matéria.

O menino, curiosamente, se tornou ator. Maria anteviu seu pouco jeito para representar. A freira, que havia acompanhado os ensaios, percebendo a decepção da menina, apenas disse — você leva tudo muito a sério. Sim. Como se fosse a alma um caderno sem bordas. Como se as palavras corressem o risco de descarrilharem, despencarem no chão.

Quem sabe a irmã dos ensaios, acompanhando as letras de agora, pudesse dar outro crédito ao desempenho da menina — enfim, aí está a roteirista da peça. Ainda não pressentia que a morte espreita o fim. O cravo retirou-se do palco.

Covardia e ancoragem

Mover-se na paisagem do sertão exigia esperteza. Para os que se habituaram a caminhar entre cipós, garranchos ressequidos, arbustos espinhentos, a pisar na entrançada vegetação rasteira, aquilo era moleza. Já os pés de Maria tinham intimidade com as pedras desenhadas na calçada de Copacabana, com a pisada na areia coberta de conchas pontudas, com o desvio dos passantes na Avenida Atlântica. Era costume também manter-se atenta ao movimento dos automóveis, já que os bondes haviam sido desativados pouco antes de a menina deixar o Rio de Janeiro. Nada disso parecia difícil, pelo contrário, havia uma sintonia entre o corpo franzino da garota e a grandiosidade da cidade.

Antes de aportar no Vale do Jaguaribe, havia sido avisada de que seria necessário ter cautela com os animais que habitavam as cercanias do novo local de moradia, e com as feras do sertão. O pai costumava proferir a expressão — as feras do sertão — com uma ironia não discernida na época nem pela mãe, nem pela menina. Além das onças-do-mato, cobras, raposas e outros bichos considerados perigosos, o homem referia-se também aos primos, lendários pistoleiros do Ceará.

A primeira vez em que foi levada para passar três meses de suas férias escolares na fazenda situada nos rincões do Vale do Jaguaribe, a Cachoeirinha, fora informada do que deveria evitar. O sertão não é para qualquer um, ponderou o pai. Proteja-se do sol, evite ficar próxima dos chifres de vacas e cabras, fique atenta às arapucas. Não acredite que as matas se movem sozinhas, há sempre um bicho de tocaia.

Maria concentrou a atenção em dois medos: das jiboias e dos guaxinins. No tocante à cobra, seria fácil para o animal peçonhento engolir e digerir sua pequenez. Na outra versão da tragédia, o guaxinim, maximizado pelo terror, abriria suas garras e a suspenderia fácil, lançando-a aos confins do horizonte. Faria jus ao codinome que lhe fora dado desde o Rio de Janeiro: seca do quinze. Embora não compreendesse o significado, a menina se via desprovida de seiva, de folhas, sentia-se esmirrada e sem cor, tal qual as matas da caatinga.

Algumas pessoas nascem com vocação para a coragem, se arriscam, se jogam, transpõem limites. Maria não. Seu tino era para o pensamento, para a construção de cenas de intrincada solução. Ao tomar um livro entre as mãos, transpunha perigos, vestia-se de variados personagens, vivia aventuras. Recorda-se de que na leitura de um de seus preferidos na época voou longe ao lado de Fernandinho, personagem de um livro de Erico Verissimo. Alcançou a lua, chegou ao fundo do mar, passou por terras que sequer imaginava existirem. Tal façanha ela realizava com destreza. Já a vocação para o medo daquilo que ninguém costumava sentir foi sendo revelada aos poucos, inclusive para ela mesma.

O banho do tanque foi a primeira prova de sua covardia. Aguardou com ansiedade o dia em que algo aconteceria para além dos passeios na calçada, das brincadeiras com as bonecas, do mesmo filme dos domingos. Ao ser convidada, imaginou que o banho seria uma beleza, aproveitaria para ficar flutuando na boia inflável com formato de pato, que trouxera do Rio. Talvez pressentisse, há um fosso que separa vontade e realidade. Ao avistar o quadrado de cimento elevado ao chão, sem escadas, sem azulejo, sem cor, Maria apercebeu-se do abismo que a separava de seu lugar de nascença.

Aquilo em nada se assemelhava às piscinas de águas límpidas ou ao mar do Rio. As paredes banhadas de lodo guardavam aparência de pântano. Na água verde-escura moviam-se pedaços cortantes de cipós. Havia ainda o bando de rãs a se divertirem, saltando de um lado para o outro. Abancada no parapeito do tanque, com a vista voltada para o frenesi das crianças na água fria, contrastando com o sol do sertão, a menina enumerava mentalmente a lista de acidentes possíveis, caso ensaiasse um mergulho. O tempo correu rápido, e a criançada logo foi chamada para o almoço.

De volta a Cachoeirinha, arriscou rabiscar linhas no caderno de redação, nas pautas que sobraram do término do segundo ano primário. O banho não tomado no tanque, o reino das rãs, seria sempre lembrado. Elas também passaram a integrar os tópicos de medonhos perigos, seguidos do item jiboia e guaxinim. Chegou a menina a pensar que o arrolado dos perigos estaria enfim completo. Ilusão que foi se esvaindo no acúmulo dos anos de vida. Os riscos não têm compromisso com a verdade, pensou.

Poucos dias após o não banho de tanque, Maria vestiu sua bata de cor vermelha, bordada em ponto corrente no formato de florezinhas brancas. Ao sair até o alpendre da casa, um visitante morador de uma propriedade próxima soltou o elogio — que menina mimosa! Tendo em vista o quase nada a fazer, Maria decidira visitar o curral das vacas, à frente de casa. Lá se foi. Ao adentrar o curral, removeu lentamente a trava do portão da cerca de pedaços de madeira. Esqueceu-se de colocar a trava novamente no lugar, deixando entreaberta a passagem. Uma vaca do tipo zebu alimentava, por cima de estrumes e capim pisado, seu bezerro. Maria se aproximou em compasso rápido, encharcando os olhos de ternura. De imediato, a vaca se ergueu, pôs-se a cavar a areia com as patas dianteiras, movendo o focinho de um lado para o outro, até soltar um longo mugido em tom de fúria. Em seguida, partiu no rumo da menina, com os chifres bem-posicionados, olhos vidrados, na intenção de lançá-la longe dali. Provavelmente, o pouco peso da visitante facilitou a velocidade da carreira. Durante o resto do dia, só se ouvia um comentário: salvou-se por um triz.

Havia apenas mais duas páginas livres no caderno de redação. No outro dia, após afinar a ponta do lápis, Maria escreveu sua versão dos fatos. Embora tenha sido informada de que o acontecido estabelecia relação com o uso da cor vermelha, a menina considerou que a vaca avançara em sua direção por uma razão: o amor. Pensou na mãe, nela mesma, repassou a cena na qual se encontrava diante de suposto perigo, até reconstituir a reação passiva de sua cuidadora. Esforçando-se na precisão da letra cursiva, pois nunca fora boa em caligrafia, desenhou o título da redação: o bezerro e sua mãe.

De volta das férias, não tendo avistado nenhuma jiboia e sequer um guaxinim, ainda com os nervos à flor da pele, percebeu que o longo período no sertão havia trazido uma nitidez de si: não nascera para aventuras. Recomeçou o terceiro ano primário resoluta em relação à sua pouca coragem. Quando a convidavam para atividades que envolviam saltos altos, trilhas em matas fechadas, passeios na roda-gigante do parque de diversões ou o ato de pendurar-se em árvores altas, ela apenas respondia — obrigada, prefiro ficar quieta. Não sabia ainda que essa condição, de não ser surpreendida pelo perigo, ignora escolhas. Faz parte do perigo camuflar-se e não anunciar um nome.

Outra descoberta dos meses vividos no sertão veio de uma frase proferida por um homem que sempre apeava do cavalo, ao passar pela Cachoeirinha. Costumava ser assim anunciado — chegou o escritor. Houve uma ocasião em que a menina já estava com as malas arrumadas para o retorno à sua cidade de moradia, quando o tal homem passou para deixar umas encomendas. Sentou-se na cadeira de balanço do alpendre e, como sempre fazia, contou sobre o que andara lendo e sua predileção por um escritor que dizia saber tudo sobre a vida do sertão — Guimarães, no seu livro sobre as veredas, escreveu uma frase certeira: o sertão é sozinho.

Provavelmente, a menina, que se aproximava dos dez anos, não conseguiria passar a vista no grosso livro que o tal escritor portava na algibeira. Muito menos fora motivada, naquele dia, a decorar o título da tal obra de Guimarães com sobrenome de Rosa, mas a frase ganhou assento definitivo na memória. Provavelmente, por se sentir tão sertão, tão sozinha nos três meses sem fim.

A mãe e o pai perceberam que ela voltara das férias ainda mais introspectiva, demorando-se, novamente, atrás das portas. Na tentativa de escapar do dia a dia movimentado, por vezes aproveitava a volta da escola para se abrigar em lugares ermos, sem o barulho de vozes. Descobrira um tronco, comumente usado como banco, posicionado de frente à mercearia próxima à sua escola. Ficava ali sem objetivo definido, a não ser alargar a hora de voltar para casa. Ocasionalmente, a contragosto, alguém se abancava a jogar conversa fora.

Em um desses dias, a amiga com a qual costumava brincar nos finais de tarde tomou assento. Um senhor que passava pela rua, olhando com vagar para as duas meninas, gritou agitado — corram, tem uma jararaca saindo debaixo do tronco. Corram! Nunca haviam contado da iminência desse outro perigo. Depois o pai, mais versado em assuntos do sertão, tentou situar o ocorrido. A cobra, também chamada de corre-campo, cobra do mato, corredeira e ubiraquá, disse o homem, apenas persegue suas presas se se sente ameaçada. A menina perguntou — ameaçada de quê, pai? Talvez, se tivessem permanecido sentadas, se não houvessem sido alertadas da presença da jararaca, a cobra poderia ter lá ficado apenas escutando a conversa. Pode ser, respondeu a amiga, mas fizemos bem em correr. Chegou a pensar que antecipar riscos é um modo de despertar o horror.

Após as carreiras da vaca e da jararaca, empreendeu Maria nova aventura. Contrariando a ordem das freiras do Patronato em que estudava, decidiu explorar o quintal vedado à visita das alunas. Havia lá os gansos, que do lado oposto do muro costumavam receber porções do lanche diário da menina. Acreditava estar diante de amigos fiéis. Que nada! Ao pular, sorrateiramente para não ser descoberta, um dos gansos, que parecia ser o chefe do lugar, soltou um som triunfal, mobilizando o restante em correria. Havia que ser garantida a defesa do quintal, a segurança das vulneráveis freiras e o afastamento de visitantes indesejáveis. Um dos gansos chegou a bicar as pernas da menina, deixando provas da insubordinação. O atrevimento teve como resultado severa punição das freiras — rezar de joelhos um terço durante cinco manhãs — e três tardes sem sair à calçada, como castigo dos pais.

Com a intercorrência do tempo, criaturas nomináveis, outras sem identificação, continuaram avançando. Um tanque apinhado de seres invasivos, uma vaca bravamente amorosa, uma jararaca que se sentia tão ameaçada quanto a presa, um ganso a defender seu território, a lista continuou a esticar-se.

No decorrer dos anos, a tinta foi embranquecendo, o mofo amarelando o papel, não sendo acrescidos outros tópicos aos prováveis perigos. A vida mostrara: nunca se sabe onde se esconde uma jararaca. Registro de sua primeira metáfora.

Depois considerou o que parecia simples — há um tipo de medo que nada tem a dizer.

Na família se comentava entre cochichos — oh menina frouxa! Medrosa, sim. Não por correr de chifres, por deixar de mergulhar em águas turvas ou tentar livrar-se das bicadas que tiram pedaços e abrem feridas. Medrosa por ter deixado palavras dormirem, anos a fio, detrás das portas. Por calar a escritura.

III

Rito de passagem: Bena, Lampião e a Trigueiro

Viver é muito perigoso: sempre acaba em morte.
Guimarães Rosa

Bena de Acelino, além de famoso seleiro do Vale do Jaguaribe, também era afamado por ter conhecido Lampião e ter estado com o bando *em riba* da serra do Pereiro. Ele sempre fora um homem pacato. Costumava deitar-se nos fins de tarde na rede tecida do algodão plantado, descaroçado e fiado pela própria mãe. O cair da tarde marcava o ritual da rede armada no alpendre. Ficava ainda mais contente quando Maria, a neta postiça, no transcurso de suas férias escolares na Cachoeirinha, sentava-se ao lado.

Havia um ritual. Bena, queixando-se do cansaço e da peleja da roça, todos os dias pedia à menina a gentileza dos cafunés em seus cabelos ralos. Maria seguia, delicadamente, o movimento dos dedos na cabeça do avô, simulando o gesto de coçar seguido de um breve estalido nas unhas. O seleiro costumava dizer que a menina da cidade levava mais jeito para os cafunés que suas filhas do sertão. Talvez já houvesse ela percebido o uso das mãos na suavização do peso dos dias.

Dizia o avô que o sertão lhe dera a certeza — é dando que se recebe. De um jeito sisudo e ao mesmo tempo dadivoso, o homem estabeleceu em uma tarde o sistema de trocas — você faz cafunés, e eu te conto histórias daquela serra que você só espia de longe. Sei uma ruma de causos da Micaela e da serra Pereiro, que até Deus duvida. Acordo feito. É aberta a temporada das narrativas. Com o riso dos que sabem criar o tom e a atmosfera do mistério, anunciou Bena — vamos começar pelo meu encontro com Virgulino.

A marcha de Lampião e o refúgio de seu bando, disse o avô concentrando-se no relato, era quase sempre feita entre serras. Foi na do Pereiro que vi o bando pela primeira vez. Levantou-se da rede e ensaiou gestos que recriaram o realismo da cena — lembro, como se fosse hoje, o bando atravessando a serra vermelha, arranchando-se num alto cravado lá em cima, para chegar ao seu paradeiro.

A quase-moça parecia escutar a história de um herói banido dos relatos dos pais e professores da escola. Cada pausa do velho homem era entrecortada pelo pedido da ansiosa ouvinte — conta mais, conta mais.

Sentando-se na beirinha da rede, fixando seus olhos cor de âmbar, como se cada retina fosse atravessada por pequenos raios de sol, o avô intensificava o tom de suspense — essa história que vou começar agora não é pra ninguém duvidar, pois eu tava lá. Antes de iniciar o relato, acrescentava — minha história é diferente das outras que o povo conta. Você vai dar fé do que ninguém viu.

Mirando os olhos curiosos de Maria, interpelava — imagine, menina, o que mais temiam alguns dos homens com coragem até de mamar em onça? Bena, que tinha a habilidade de fazer sela tanto para vaqueiro quanto para o povo cigano, os tropeiros que atravessavam o sertão com mercadorias no lombo dos burros, era exímio contador de casos. Narra que conheceu Lampião sem saber de início o *naipe* e a procedência dos sujeitos que haviam feito peculiar encomenda em seu nome. Fora abordado, no raiar do dia, nos idos anos de 1935, por dois homens perguntando se o seleiro costumava fazer alpargatas, portando um exemplar de uma chinela castigada pelo tempo. Respondeu o seleiro, imaginando que, se conseguisse o intento, teria novo ofício — vou tentar, querem quantas?

Era um modelo que não se costumava ver no sertão: o desenho era de um couro de sola quadrada, que certamente dificultava o andar. Depois de quase dois meses, retornando na mesma hora do dia, o tal homem veio buscar as vinte alpargatas. Entrou logo anunciando o cliente — Lampião quer saber quanto custa. Ele paga bem. Após uma breve suspensão da voz do narrador, a menina insistiu — o que aconteceu depois? Oh criatura avexada, respondeu o avô, acelerando o curso do relato — menina, nessa hora tive o lampejo de trocar as vinte alpargatas por uma visita a Lampião. Assim que fiz a tal proposta, os machos entreolharam-se assentindo o pedido com um balançar de cabeça. Botaram uma venda nos meus olhos, me fizeram subir na garupa de uma égua robusta, enfiaram as vinte alpargatas nas capangas, e seguimos nas matas do Pereiro.

A menina apertando os dedos, com os olhos vidrados, perguntou agitada — é essa a história que ninguém sabe?

Com a paciência dos que costuram couro, perfurando duras superfícies, o velho respondeu — prepare as oiças, pois vou começar agora. Conta que o famoso bando, temido por suas investidas sanguinárias e idolatrado por não temer os homens do dinheiro e do poder, tinha suas covardias. Continuou — os machos murchavam, ficavam desse tiquinho aqui, apontando o tamanho de uma criança com as mãos, quando as conversas eram sobre gente do outro mundo, assombração e almas penadas que perseguem seus algozes. O velho Bena, intensificando o ânimo da contação, arrematou — tinha um que era o mais frouxo, tremia até quando tinha que fazer suas necessidades no mato.

Posicionando o olhar na direção da menina, também de pé, ao lado da rede, caprichou, elevando o clima de excitação — tá preparada para ouvir o que vou contar? Conta, conta, repetia a menina de olhos vidrados nas palavras que pareciam ter vida. O avô seguiu o trote da narrativa. Zé Latão, um dos homens do bando de Lampião, pouco antes da encomenda das alpargatas, ao passar de raspão na fronteira do Rio Grande do Norte, altura da Serra do Padre, teria incendiado um depósito de querosene e provocado uma morte. Como de costume, haviam pilhado parte dos habitantes do lugar. O tal Latão, enfatizou o vô Bena, caiu na besteira de, antes de matar o homem que vigiava o lugar, mirar a cara do quase-morto, apiedando-se do velho com parecença do finado avô. Foi aí que o homem ficou assombrado. Continuou — a cara diz tudo, melhor nunca sustentar a vista no inimigo.

Ao mesmo tempo que o avô narrava o fato para Maria, também de pé ao lado da rede, imitava os olhos arregalados de Zé Latão e seu *firvião*, no ato de mover-se de um lado para o outro na mata, sem conseguir pegar no sono. O avô relatou que, em uma dessas noites, em que estava na companhia do bando, Zé Latão, responsável pela vigília, correu do mato, *todo borrado*, gritando para o bando — tem gente por aqui, caímos numa emboscada. A madrugada, que seguia tranquila, embalada apenas pelo som dos grilos e cigarras, ganhou ares de tensão. Alguns miraram o seleiro visitante, imaginando traição. Enquanto isso, Zé Latão gritava, como se ele mesmo duvidasse do que dizia — eu vi, com os olhos que a terra há de comer, é um homem, e está nu. O bando, imediatamente, levantou-se e apontou os rifles e fuzis para o escuro da mata, soltando uma saraivada de tiros para o nada. Zé Latão, ainda convencido do que vira, tentou descrever as características do presumível homem. Ao findar a crença absurda de ter visto um homem só e nu atacar o bando de Lampião, percebeu, fora de si, ter botado os olhos, sim, no velho que acabara de matar. Bena contou que o homem não parava de repetir — era uma alma, um almão macho.

O avô, que dormia naquele dia ao lado de uma pequena fogueira, recordou que o bando parecia mais assustado com a visita de uma alma de outro mundo do que mesmo com habituais inimigos que frequentemente rondavam os lugares em que arranchavam. Após as palavras finais do velho, sem acreditar no que escutara, a menina apenas perguntou — isso foi de verdade, vô?

Cada noite de cafuné era uma história. No outro dia o avô Bena tomou uma decisão — basta de contar coisas que podem levar você, menina, a desconfiar da palavra de seu velho avô. Preparem amanhã dois cavalos e uma burra com mantimentos, vou com a menina subir a serra do Pereiro. Dirigindo-se à melhor escutadeira que já tivera, disse — você vai conhecer a fazenda Trigueiro e saber, sem que eu mesmo precise contar, as lendas de seus parentes. A menina quase não dormiu, a imaginar a aventura do outro dia. Ainda eram quatro horas da manhã quando foi despertada para o desjejum. Vestida com um pequeno gibão de vaqueiro, confeccionado pelo avô, portando chapéu de couro, Maria montou a égua Formosa, a mais afável da estrebaria.

A marcha do avô Bena e da menina seguiu a sinuosa estrada da CE-138, até chegar às trilhas que levavam à sede da fazenda. Demoraram mais de três horas até avistarem a casa que de longe se assemelhava a uma fortaleza sem muros. A fazenda Trigueiro ficava situada em um alto composto de pedras largas, tendo em torno de dez degraus para a subida ao pátio de entrada. O avô, tentando fazer a visita assumir um tom ainda mais cheio de emoção, foi dizendo — isso aqui, minha filha, foi construído por escravos e terminado em 1794. A areia foi toda trazida do rio Jaguaribe, trinta e cinco quilômetros daqui. Nada menos que por 115 escravos. Vá se preparando pra escutar casos de gente desse e do outro mundo. E sorrindo, completou — sua história também dorme aqui.

O sol queimava a pele dos visitantes e fazia escorrer o suor por debaixo dos molhados chapéus de couro, quando apearam os cavalos na grande árvore ao lado da casa. Ao descer de Formosa, a menina foi recebida por uma simpática senhora, sendo apresentada pelo avô — essa é a tetraneta de dona Secundina, Maria Diógenes. A menina ainda não havia sido informada de que ali era a casa onde havia morado o avô de seu bisavô, o Coronel Alexandrino.

Foram recebidos com farta mesa e gestos de simpatia. A tal mulher, afagando os encharcados cabelos da menina, relatou que Secundina, tendo casado com um homem de nome Chagas Diógenes, saiu dali para morar nas fazendas Prado e Palhano. Habituada ao conforto de sua espaçosa casa na fazenda Trigueiro, deixou o marido, o filho e retornou, terminando seus dias no lugar onde nascera e vivera.

A casa de três pisos poderia comportar, apenas no segundo, noventa redes armadas lado a lado, informou a anfitriã. Conta que, na temporada do inverno, que no sertão coincide com o período das chuvas, o gado era solto no pasto. Na estiagem, os parentes de toda a região concentravam-se na fazenda e, no raiar do dia, saíam em busca de suas vacas e bezerrinhos, seguido de uma festa, que se prolongava por vários dias.

Na ocasião da visita, a menina reparou na presença de duas cruzes ao lado da escada que dava acesso à entrada da casa. Curiosa, indagou qual a razão de ali estarem. Ora, respondeu a mulher, como se se tratasse de algo corriqueiro, esses eram dois estranhos que entraram na festa do gado sem serem convidados. Esse era o modo que os Diógenes, fazendo menos alarde que os métodos usados no bando de Lampião, eliminavam seus inimigos. Descompassado, o coração da menina, diferentemente das estórias do alpendre, se via diante de coisas ganhando forma e cor.

Após a travessia das duas cruzes dispostas na passagem da porta, a visita foi sendo conduzida piso por piso. No segundo andar, espaço que aglutinava o conjunto de armadores disposto para as redes, havia inúmeras cavidades nas paredes, construídas de modo inclinado. Segundo a prima recém-conhecida, era para facilitar os rifles papa-amarelos a se posicionarem, de modo que baleassem os inimigos sem serem atingidos.

O rosto da menina seguia os detalhes da apresentação como se penetrasse em uma cena de um filme de suspense, mais assustadora dos que aquelas a que costumava assistir aos domingos, na pequena cidade de Russas. Apontando para o teto, a parente distante mostrou o telhado construído com grossas ripas de pau d'arco e uma telha que deveria ter cinco vezes o tamanho das vistas em outras casas. Parecia haver ali camada de fantasia sobre camada de realidade, a cenografia de uma película congelada no tempo.

De repente, a menina se segurou em uma das paredes, tonteando a visão. Talvez aquilo fosse muito para um só dia. Sem imaginar, o tamanho do mal-estar da visitante, a anfitriã disse, imaginando distrair sua atenção para algo banal — essa parede, ninguém derruba, tem quase quarenta centímetros de comprimento. Percebendo a palidez daquela que passara a chamar de prima, a mulher gritou para que trouxessem água com açúcar e um leque para abanar a trêmula menina. Após sentar-se em uma cadeira que ouvia dizer ter mais de cem anos, Maria, já recobrada do quase desmaio, escutou a guia da visita — agora vamos ao último piso. No terceiro pavimento, um cheiro de umidade invadiu as narinas dos visitantes. Era uma espécie de sótão, com enormes caixões de mantimentos, os maiores de rapadura, feijão, farinha, açúcar e milho. Além de tudo que já vira, Maria, imaginando o quanto de folhas do caderno de redação iria necessitar para contar o que parecia mentira, viu algo jamais esquecido — era uma espécie de enorme cacimbão, erguendo-se desde o fundo do solo até o terceiro piso.

O tempo corria, e Maria já imaginava o longo percurso da volta até Cachoeirinha. Havia uma expressão que o avô Bena costumava usar ao dispensar algum convite que demandasse seu deslocamento da pequena oficina — dou por visto. Foi isso que Maria pensou em dizer quando a anfitriã dirigiu-se a uma extensão da casa, a senzala. Mas não disse. Respirou fundo e respondeu — vamos. Seguiram na direção do barracão de teto muito baixo, desnudado de móveis, desprovido de qualquer elemento vazado. Havia caixas no barracão sem luz, feitas de tábuas grossas de madeiras, com orifícios para o encaixe dos pés, ladeados de volumosas correntes.

A tal prima, olhando para certificar-se de que Maria conservava-se com ar e ereta, disse — os escravos dormiam aqui, que era para não fugirem. Foi quando o próprio avô postiço tomou a decisão — vamos, menina, já viu muita coisa pra hoje. A prima, no intuito de mostrar sua hospitalidade, fez o convite — se quiserem dormir aqui na casa, fiquem à vontade, rede é que não falta, mas aviso: fantasma é também aos montes. Com o objetivo de dar mais veracidade às suas palavras, no fluxo tranquilo dos que costumam cadenciar histórias de Trancoso, a mulher passou a enumerar seus encontros com alguns fantasmas.

Pontuou que naqueles dias seus filhos haviam retornado muito tarde da noite de uma festa. Lembra que tinha o sono leve, no aguardo da hora do retorno dos dois. Na madrugada, decidiu a mulher subir as escadas, já que seu quarto se situava no primeiro piso, com o intuito de reparar se os dois estariam já acomodados em suas redes, e se haviam chegado bem. Ao subir a escada, contou a dona da casa ter encontrado, sentadas nos degraus, *duas belas moças bem aparentadas*. Disse que cumprimentou, educadamente, as visitantes e decidiu subir ainda mais rápido, com o intuito de tomar satisfação com os filhos. Pensou, indignada — que desonra, que desacato, trazerem duas donzelas para casa!

Ao subir o tal segundo piso, viu que os rapazes dormiam em sono profundo. Indagados sobre quem seriam as tais moças abancadas na escada, um deles apenas respondeu sonolento à mãe — deve ser visagem. Contou a mulher que desceu em descompasso as escadas, imaginando ser aquela uma mentira improvisada pelos filhos. E não havia mais nada! Subitamente, imaginando o terror causado com o relato, a mulher olhou para a espavorida menina e confirmou — pois era mesmo visagem. Falava com a tranquilidade de quem conta o dia a dia da casa.

Nem a almoçar a menina se dispôs mais. Só desejava naquela hora um pedaço de pão, um naco de rapadura para retomar com o avô o caminho de volta. Preferiria dormir nos matos, pensou, deparar-se com uma jiboia, ser fisgada pelas garras de um guaxinim, o que fosse, a passar uma noite ao lado das almas penadas da Trigueiro. Sem disfarçar sua aflição para a tal prima, passou a clamar — vamos, vô, vamos, vô! Entendendo a vontade da recém-chegada visitante, a prima completou o sinistro quadro dos relatos de assombração — aqui, todas as madrugadas, se escuta o chororô dos escravos. Por vezes também os sons de uma orquestra que já animara as noites da fazenda. Sem esperar que mais nada fosse dito, Maria encetou mais um tanto de vezes o "vamos, vô".

O caminho de volta demorou bem menos tempo que o de ida. As matas pareciam abrandar a passagem da dupla nas veredas, facilitando o acesso à *pista*. Ao avistarem a Cachoeirinha, o sol já dava sinais de sua retirada no cume da Micaela. Seria uma de suas últimas noites na fazenda do vovô Bena, antes de retornar a Russas. Em breve iria mudar-se definitivamente para a capital do Ceará.

Ao longo do tempo, passou a ver a mata por meio dos olhos de Secundina. A mulher que deixou marido, filho e retornou à casa. A dar eco à voz que mantém audível os ancestrais. Em meio à cidade grande, crescida, Maria não deixou de escutar o papoco dos tiros dos papa-figos, o eco das carabinas do bando de Lampião. Saltando os olhos d'água, em meio à travessia do riacho do Sangue, do riacho do Meio, do rio Jaguaribe, seus pés permanecem enraizados nas águas do sertão.

Cada linha é cerzida entre grossos fios do seleiro Bena de Acelino, o couro das duras alpargatas do bando de Lampião e de suas pegadas no Vale. Tempos depois soube que o avô costumava comentar, ao relatar o ocorrido — embora frouxa, a menina é valente. Tem sangue no olho.

Sem Teto

Havia visto escrito em algum lugar: ler é a melhor diversão. Embora na pequena cidade do Vale do Jaguaribe não houvessem chegado os canais de transmissão de TVs, os livros eram lazer de adultos. O destino de criança era mesmo o de brincar: as meninas, de bonecas; os meninos, de carrinho. O encontro entre meninos e meninas acontecia apenas nas brincadeiras de roda. Foi em uma dessas circunstâncias que Maria conheceu Teto, o menino de olhos verdes e dentes grandões, já permanentes. A menina havia perdido alguns dentes de leite, dois na parte inferior, dois na superior. Além de banguela, costumava ser também chamada de magrela, esquecendo-se por vezes o dia inteiro de levar alguma coisa à boca. As vizinhas, sem esconder o desagravo, olhavam-na torcendo o nariz — parece tísica.

Ao mirar-se no espelho, Maria tinha a nítida sensação de que a menina elogiada no Rio de Janeiro, em seus primeiros anos de vida, por seus olhos amendoados e cor de mel, havia sumido nas poeiras das estradas carroçais. Não se sentia charmosa, graciosa, elogios comuns no primeiro ano de moradia. Havia escutado de Toinha, a moça que costumava lavar as roupas da família no tanque do quintal, que estaria ficando desenxabida. Maria não sabia o significado do nome, mas, pela careta que fez a mulher ao tecer tal comentário, devia ser algo próximo à ideia de desajeitada, insossa. Teve o ímpeto de correr sem destino e nunca mais voltar. Pensou estar sendo vítima de maldição. Ou, diante do peso dos pecados, pois nenhuma freira do Patronato no qual estudava deixava de mencionar diariamente a gravidade de cada um deles, poderia estar sendo punida por algum mal cometido.

O certo é que a menina preferia dispensar o uso diário do espelho e dedicar-se apenas à escola, aos cuidados de suas bonecas e à leitura de livros, mesmo só soletrando. Na casa não faltava o que ler, e havia um leitor em particular. O pai, talvez sentindo-se alheio dele mesmo diante de sua árida função técnica, sem tempo nem interlocutor para outros assuntos, escolhera a menina para a leitura de alguns exemplares postos na estante da sala. E foi um deles que marcou o início dos ritos de partilha: *O pequeno príncipe*.

Certamente, parte substancial do que era lido, vezes seguidas, não assumia qualquer grau de compreensão, qualquer sintonia com palavras do léxico infantil. Curiosamente, isso não fez diferença. Maria compadeceu-se do tal príncipe e irmanou-se à sua solidão. Em alguns momentos da leitura, lágrimas incontidas escorregavam ao longo do rosto magro da menina. Já o pai tentava disfarçar as suas, que deslizavam à revelia pelo lado dos olhos, descendo pelo pescoço, até molharem o sofá. Maria também se sentia originária de um planeta distante, cujo asteroide ostentava um número desconhecido. Se o tal príncipe caíra no deserto de Saara, ela despencara do Rio de Janeiro no árido Vale do Jaguaribe.

As primeiras palavras do livro dedicado a um adulto ressoavam na cabeça da menina, ganhando variados ritmos e composições: "vivi, portanto, só, sem amigo com quem pudesse realmente conversar, até o dia, cerca de seis anos atrás, em que tive uma pane no deserto do Saara. Alguma coisa se quebrara no motor". Sim, alguma coisa se quebrara também no mundo de Maria. A diferença é que ela não sabia entender o que havia sido danificado, e muito menos como consertar.

Ler nunca fora só divertido para a menina. O ato da leitura, mediada pelos olhos do pai, fazia-a experimentar o direito e o avesso, o que sentia e o que nem antevia que sentia, mas estava ali. Com Teto foi também assim. Ouvira dizer que crianças amam pai, mãe, irmãos, alguns amigos e a Deus. Maria não imaginava que aguardaria, com ansiedade, as tardes para que fosse chegada a hora de ver luzir o brilho dos olhos de Teto, de sentir o calor das suas mãos ao unirem-se às dela nas brincadeiras de roda. Quando foi informada de que deixaria a pequena cidade e iria morar na capital, já tinha havido juras de amor eterno, e juntara, num pequeno cofre em forma de porquinho, as primeiras moedas para o casamento.

As brincadeiras de roda foram se transformando em ritos de despedida. Maria lembra que *Peixe vivo*, cantada nos finais de tarde, assumia um tom de tristeza, tal qual um réquiem de despedida: "como poderei viver, como poderei viver sem a tua, sem a tua, sem a tua companhia". Se algum adulto houvesse observado o mútuo encantamento, talvez tivesse desacreditado, ou dado mínima importância ao fato. Para Maria e Teto aquela história de um amor nascente, no compasso de despedida, assumia um peso, uma dor, uma gravidade, uma leveza sem porto.

Os pais, que eram vizinhos, combinaram um passeio na fazenda de um parente distante da mãe de Teto, situado em Palhano, pequeno distrito de Russas. Lá houve tempo para que se afastassem, sentassem-se à sombra de um cajueiro e ela pudesse falar do livro que seu pai costumava ler e da devoção do príncipe à sua flor. Maria sabia de cor alguns trechos que o pai lia e relia. Na ocasião, olhou para Teto com os olhos encharcados, assim como os das águas dos açudes após fartas chuvas, e disse — "a gente só conhece bem o que cativou". Eu vou chorar quando for embora, você é como a rosa do Pequeno Príncipe, é único pra mim. O menino não tinha palavras. Não dispunha de vocabulário para falar de amor, para tanger sofrimentos. Era ermo de nomes, de frases. Havia em seu mundo o chispar dos cavalos, a brincadeira de dirigir com o pai o trator da fazenda, o impulso de tentar laçar carneiros e ovelhas que tentam escapar furando cercas. Sua matéria era o fazer.

O retorno no final da tarde foi agraciado com uma chuva leve, que ao cair na lona do jipe, ao descer por suas janelas de plástico transparente, criou uma boniteza de cena de filme, dando a ilusão de estarem as águas que vinham do céu misturadas às matas da paisagem. Por detrás das costas, Maria e Teto conduziam as mãos enleadas, quase atadas, como se adiassem o corte, a separação.

Na cidade de Russas, os jornais eram aguardados na banca da Praça da Matriz. Havia a curiosidade em torno das manchetes de primeira página. Um senhor conhecido por ter fome de notícias e apreciar ser portador das mais bombásticas passou defronte à casa dos pais de Maria e disse — viram? o homem conquistou o espaço. Citou então a manchete que acabara de ler — Armstrong: o pioneiro de uma nova era. O homem das notícias, que era da reserva do Exército brasileiro, complementou — o presidente Costa e Silva está gravemente enfermo, mas ainda vai ser divulgado. Ele se esqueceu de mencionar o mais impactante acontecimento: a mudança da "família carioca".

Já havia sido acondicionada parte da mobília em grandes caixas de madeira. Na casa, o vaivém de ajudantes havia transformado o lugar de morar em cenário de partida. Maria fora chamada para a última tarde de brincadeiras na calçada.

Pouco importava para Teto e a menina os rumores do mundo lá fora. Naquele dia iriam dançar a última ciranda. Fazia parte da cantiga, em determinado momento, o soltar das mãos. Nesse instante da coreografia, pares se formavam frente a frente, simulando um gesto de passagem do invisível anel recebido entre mãos fechadas, palma a palma:

O anel que tu me destes
Era vidro e se quebrou
O amor que tu me tinhas
Era pouco e se acabou.

Por isso, dona (se dizia o nome de um ou
de uma participante)
Entre dentro desta roda
Diga um verso bem bonito
Diga adeus e vá se embora.

Teto tomou as mãos geladas de Maria, enquanto a menina repassou em sua cabeça uma das cenas finais de *O Pequeno Príncipe*, comprimindo as pálpebras na tentativa de não chorar. Repetia em silêncio as palavras do pequeno homem — "e eu compreendi que não podia suportar a ideia de nunca mais escutar esse riso. Ele era para mim como uma fonte no deserto". Nem quis se despedir, entrando em casa em disparada. Maria largou-se na cama sem trocar o vestido de saia rodada. Adormeceu esquecida pelos pais, que se ocupavam em deixar tudo pronto para a recolha do caminhão de mudanças no outro dia.

A mãe, no caminho da nova cidade, ria e brincava com as lágrimas que desciam aos montes dos olhos apaixonados da menina. Mirou-a o pai, mesmo que concentrado na direção do carro — onde já se viu dessa idade se apaixonar que nem as moças das novelas de rádio!

Sem que fosse preciso alguém permitir ou proibir, Maria tinha inclinação para a lucidez. Pressentia. O amor nem precisava ter assento, duração do tempo. Amar persiste enquanto lido. Abriga-se nas velhas cascas das árvores seculares da memória. Esperto o príncipe — "uma casca de árvore não é triste". Assim como o adeus.

Imaginar é mais urgente do que existir, pensou Maria ao subir no carro com sua boneca Lindinha no braço e Seboso no ombro.

Fortaleza?

O que não existe, minha filha, faz sombra para a razão.

PALAVRAS DE ZELINHA,
que partiu deste mundo nas últimas
linhas deste escrito.

Havia pouca coisa para transportar nas malas. Parte dos brinquedos de Maria foi doada para uma instituição de caridade das irmãs Imaculadas de Maria do Patronato da pequena cidade de Russas, e a outra parte para as amigas. A família, saída do Rio para o Vale, permaneceu na cidade mais tempo que o esperado. Lá Maria descobrira que o sertão persistia em sua alma. As freiras a proibiram de usar o nome alma em vão. Alma é o lugar de Deus, diziam. Maria retorquia, em silêncio, o que sabia, o sertão é o colo de Deus. Nos matos, nunca se sentira sozinha. Seguia para a cidade erma de alguma coisa que deixara no Sombrio, na Cachoeirinha, no santuário das Oiticicas, sem saber bem o quê. Da pequena cidade, nada levara. Havia nela o tinido da ranhura diária dos pais, o barulho sem trégua da teima dos irmãos, o ranger do oco do tempo compassando as horas imóveis do relógio.

Pouca coisa trazia do que vivera. Carregou entre braços seus dois bonecos preferidos, Lindinha e Seboso. Apenas eles receberam licença para acompanhar a mudança. A boneca viajada, como dissera a mãe, tendo seguido a menina desde sua vinda do Rio de Janeiro, vestia sua melhor roupa, modelo copiado de uma cantora de nome Wanderléa.

Em uma madrugada de agosto de 1969, a família deixou Russas. Entraram na Rural Wyllys seminova, do ano de 1968, que o pai acabara de comprar, compondo duas cores, azul-escuro e branco, a mãe e os três filhos e muito pouca bagagem. O resto seguiria no caminhão da recém-criada mudança Confiança, cuja publicidade destacava — empresa genuinamente cearense.

Chegariam à casa da rua João Lobo Filho antes do horário do almoço. Já era tempo, pensava Maria. Afora Teto, o amor que lá deixara, afora a magia do sertão, o resto cansava, se repetia. Russas fazia zunir o som agudo do tédio.

Surpresa. Na sala decorada da nova casa, havia um estofado de cor esverdeada e um móvel de cerejeira, e, bem no centro, a televisão. Sim, uma televisão. Maria quis ligar o aparelho, logo ao entrar na casa, mas fora advertida de que a programação da Tupi, na TV Ceará, começava mesmo no fim da tarde. A televisão recém-comprada pelo pai, parcelada no crediário, era uma General Electric, modelo Escort Valvulada. Maria nunca esqueceu esse nome, valvulada. A palavra deveria exprimir a importância da família, com sua mudança para a capital.

Até então a menina se percebia igual aos seus vizinhos da rua Dom Lino. Na casa da Fortaleza, sentia-se rica. A morada recuada, com um enorme jardim na frente, garagem ampla, reservava um quarto para o casal, com banheiro exclusivo, um quarto para os meninos e um só para a menina, que logo ficaria mocinha, tal qual fazia questão de frisar o pai. Havia ainda ampla dispensa e um nome que escutara pela primeira vez: dependência das empregadas. Indagou à mãe, ao pai — por que dependência? —, ninguém soube explicar. Deduziu que, juntamente com valvulada, aquilo deveria ser também coisa de gente rica.

Ela saíra de Russas, mas os matos, as vacas, as cantigas de grilo pareciam persegui-la. A bela casa era na cidade, mas não era. Na parte defronte da nova moradia, afora dois vizinhos de casas não contíguas, havia uma imensidão de hortas e um riacho, de nome Aguanambi. Não seria necessário dar adeus ao sertão. Na companhia do pai e dos irmãos, costumava ir ao riacho e ver nele deslizarem pequenas canoas, para tomar banho em suas margens e divertir-se tentando pegar pequenos peixinhos que se moviam à beira d'água.

Uma casa não é só um lugar de morar. Logo percebeu que ficara sozinha, sem a companhia dos irmãos na dormida das noites. Uma casa é um jeito de a vida ser. E nada era fácil. Maria estava convencida de que, no quarto só seu, havia a companhia de seres do outro mundo, comparsas da solidão. O pai sumira da casa. Passou a trabalhar em um lugarejo vizinho, e sua voz apenas era escutada à noitinha. Na pequena cidade, ele sentava-se à mesa, nos almoços diários da família.

A capital grande engolira também a mãe do convívio próximo. A menina ficava a olhar o teto do quarto rodar, adoecida de um mal diagnosticado pelo médico da família — nervosa —, deve estar entrando na adolescência, precisa tomar remédio para os nervos. Que mal era aquele causado pela cidade grande? Para chegar até sua escola, cujo nome em nada fazia jus à literalidade — Nossa Senhora das Graças —, tinha que sozinha atravessar infindáveis terras lavradas e molhar os pés na parte mais estreita do riacho Aguanambi. Passou a temer os homens que faziam gracejos na sua passagem. Havia os pequenos seios despontado na camisa e a estranheza de um corpo que desconhecia.

Passou também a experimentar um ódio apenas visto no olhar dos matadores de gente das bandas de lá, do Vale do Jaguaribe. Queria ver sumir a mãe junto ao pai, os dois que haviam tirado dela o Teto, a terra, as benfazejas águas do sertão. Inventara uma brincadeira solitária na tentativa de aplainar a raiva que não largava a menina nem nos dias, nem nas noites. Construía com os pés enfiados na areia uma cidade inteira. Havia escolas, igrejas, pais e mães e um cemitério. Confeccionava com palitos de fósforos e cipós retirados das matas, por cima dos túmulos, pequenas cruzes indicando a quantidade de mortos que todos os dias enterrava após o féretro. Além disso, passou a escrever histórias versadas em quadros de suspense e horror. Havia deixado a doçura nas terras do Jaguaribe?

Um dia foi anunciado em sua casa que a filha de seu avô postiço do sertão passaria uma temporada na família, com a finalidade de fazer um curso técnico de Enfermagem. Com a moça de nome Zélia, veio o chá de cidreira para sanar noites de insônia, veio a prece que tinha a força de afastar almas penadas, veio a companhia para a travessia das hortas e dos homens famintos.

O sertão, novamente, havia cruzado a porta. Maria trouxe à memória a voz do que costumava frequentar a Cachoeirinha, sua segunda casa no Vale. Falando, por meio das palavras de seu escritor favorito, o Guimarães Rosa, repetia algo mais ou menos assim — o ódio é a gente querendo lembrar do que não tem serventia, o amor é a gente querendo achar o que é da gente. Maria não sabia mais dela, havia se perdido na travessia do lugar pequeno para aquela cidade grande, sem calçada, sem radiadora, sem vizinho, sem lugar para fugir e voltar.

Um dia a menina chegou a uma conclusão de tal gravidade que a fez pensar em pedir à mãe nova ida ao médico da família, com a finalidade de que fosse confirmado o tal diagnóstico — nervosa. Sentia-se suspensa. Por vezes acreditava atingir a altura do teto do corredor de sua casa, como se voasse baixinho. Apenas ela tinha a habilidade de voar? Outra dúvida era se espalhava a notícia para a família ou se permanecia em silêncio, como convém aos loucos que têm juízo. Assim fez a menina, dando agora voz às palavras deslocadas de lugar.

Ela que, embora suspensa, tem acometimentos de chão. A menina que atravessou o sertão em restos de folhas de cadernos demorou a entender. Na fortaleza, buracos podem ser transpostos por nomes que escorregam ao contrário, sem escada ou mola que arremesse para cima. Coragem é escavação.

Das cercanias dos riachos, fora das margens, quando o chão parece duro e árido, permanece a imagem da força dos olhos d'água. Da intenção dos matadores de gente, conserva Maria a possibilidade do tiro, sem que precise mover uma bala. Compassadamente desarmada. A marca é o sangue no olho — embora frouxa, é valente, como disse o avô do mato. Segue a sina dos que se salvam.

[Posfácio]
Entre rios de afetos

A leitura de *Sangue no Olho d'água* inspira muitas interpretações. Feito de travessias, o livro narra a partida da família do Rio de Janeiro para o sertão cearense e os efeitos desse deslocamento. Uma menina experimenta as descobertas da vida. Como personagem principal dessa trama, tem a argúcia das perguntas que se calam quando o costume banaliza os acontecimentos. Maria desnaturaliza o já visto e sabido, com sensibilidade curiosa. Observa, anota e une fios do tempo.

Diferentes personagens compõem o enredo. Sertão de muitos e dentro de cada um, abre-se em paisagens que destacam a placidez morna das tardes faladas ou musicadas. Histórias vividas e imaginadas são contadas como "letreiros luminosos" registrados em caderno. Nas vivências que se derramam em rio profundo, a autora mergulha, deixando fluir o leito das palavras.

E com elas um novelo de perguntas para o leitor: isso é uma história do sertão? É a biografia de um tempo, a tragédia do não dito, mas percebido no olhar curioso de uma menina? É tudo isso. O sertão descrito não é só um lugar concreto, mas metafórico. Guarda sentimentos, desejos, acordos tácitos, o ser do homem e o ser dos bichos. A menina

Maria, alquimista de um mundo a desvendar, percorre o sertão como um mapa para falar da vida, dos medos e das descobertas. No percurso, vê a morte de perto, percebe o uso de objetos proibidos, explora as matas. Experimenta o medo e as fronteiras do interdito.

Os textos encadeados como se fossem crônicas parecem percorrer uma autobiografia. Mas nela não se enquadra. As narrativas deslizam no imaginário, recontam histórias, evocam o pensamento onírico. Estabelecem com o leitor uma cumplicidade conferida pela fluência imaginativa.

A escrita não registra apenas acontecimentos, mas imperativos de vida. "O tempo da escrita assemelha-se ao pêndulo da vela de Chamukiá, movendo-se de um lado ao outro. A palavra acende e apaga, cala e guincha. Dilata e estreita o espaço da fera imaginária e da luz das nove velas piscando entre terras. Sertão sou eu em qualquer lugar."

A poesia do olhar acompanha as metáforas da escrita, percorrendo as trilhas de Guimarães Rosa, Euclides da Cunha e tantos outros que mesclaram a aridez da vida sertaneja com as tintas de uma linguagem artística.

A violência naturalizada opera como contraponto de uma vida aparentemente pacata e permeada de códigos: "Levante-se para morrer, eu só mato homem em pé", dita um dos personagens. É quando a morte jurada, a palavra e a honra tecem seu jeito de se impor. Maria, a menina que tinha "sangue nos olhos", pela perspicácia e visão dos acontecimentos, via gatilhos acionados no bolso de homens que se sentavam à mesa, em sua própria casa. Enxergava o vermelho do sangue, balas à vista na "sina árida dos matadores". Até que no final descobriu cruzes em fazenda de antepassados, como um desfecho natural conferido à presença de convidados indesejados.

O susto e a descoberta capitularam em Maria o destino de escritora capaz de fazer a reviravolta dos sentimentos. "Sente-se e escreva até morrer" tornou-se um imperativo que selou o pacto da autora com a destreza narrativa. Desde a infância. A menina e a escritora se servem da desarrumação criativa para colorir o cotidiano. São parceiras e cúmplices da música que toca na praça, dos gestos e olhares que marcam a vida em Russas.

No percurso das páginas do livro, é possível ler histórias vividas ou imaginadas. Nelas a autora deixa fluir o curso das lembranças, histórias de Lampião contadas pelo avô.

Este livro que poderia ser considerado autobiográfico teima em não se enquadrar nos estilos. Antes percorre *causos*, o sertão das histórias figuradas em personagens cultivadas nas conversas de boca em boca. E os ditos não precisam de provas. São rastros que se solidificam em crenças. "A memória, ágil como folha de papel, inventa o que existe. Conta o que não viu."

Nas muitas possibilidades de leitura de *Sangue no Olho d'água*, destacam-se códigos de convivência que hoje são chamados de violentos, acompanhados de crenças e papéis sociais bem definidos. O sertão é também feito de margens onde se acomodam afetos, usos, curiosidades. A autora conversa com personagens, ressignificando o que foi visto e silenciado, tornando o livro uma rememoração afetiva.

As narrativas não escapam a um olhar sociológico. Temas como família, poder simbólico, papel social e conflito, entre outros, estão presentes como convidados que não foram à festa, mas lá estão e sabem e seu lugar. Poderão emergir em novas interpretações.

A ênfase no imaginário e no percurso literário pode ter sido a opção da autora em resgatar as lacunas de modo não diretamente comprometido com a construção sociológica. Talvez porque a literatura permite a ficção, o não enquadramento explicativo de situações. O sertão e suas múltiplas formas de ser. E o fato de não ser enquadrável, em conceitos ou classificações, permite deixar fluir o mistério, o imaginário. A literatura passeia entre contradições, misturando mais facilmente medo e coragem, tragédia, amor e morte. Acolhe o "desenfreio" de Maria Romã, os uivos de horror e fúria de Ambrosina. As loucuras do feminino naquele universo onde a palavra pode também se ocultar no corpo.

Finalmente, a escrita deste livro tem força para retirar o leitor da comodidade de uma leitura linear. As narrativas provocam, pedem uma ida mais além, desmancham um final esperado, latejam como uma bela e bem construída hemorragia de palavras. E a poesia, presente em tantos momentos da escrita do livro, vira prosa.

Irlys Barreira

Socióloga e escritora

GLÓRIA DIÓGENES

nasceu no Rio de Janeiro, em 1958. É professora doutora do Programa de Pós-graduação em Sociologia da UFC. Pesquisadora do CNPq, coordena o Laboratório das Artes e das Juventudes (LAJUS). É autora de vários livros, dentre eles *Cartografias da Cultura e da Violência* (AnnaBlume) e *Avarias* (Urutau). Foi coorganizadora e autora do livro de produção independente *Escritas em pandemia* e publicou alguns contos.

FOTO DA AUTORA: AURÉLIO ALVES

este livro foi editado

no verão

de 2025